오래된 나의 정원

오래된 나의 정원

발행일　2016년 2월 17일 1판 1쇄
지은이　조순영
발행인　이선우
펴낸곳　도서출판 선우미디어
　　　　등록 | 1997. 8. 7 제305-2014-000020
　　　　02643 서울시 동대문구 장한로12길 40, 101동 203호
　　　　☎ 2272-3351, 3352 팩스: 2272-5540
　　　　sunwoome@hanmail.net
　　　　Printed in Korea ⓒ 2016. 조순영

값 12,000원

※ 잘못된 책은 바꿔 드립니다.
※ 저자와의 협의하여 인지 생략합니다.
※ 이 도서의 국립중앙도서관 출판시도서목록(CIP)은 서지정보유통지원시스템
　홈페이지(http://seoji.nl.go.kr)와 국가자료공동목록시스템(http://www.nl.go.kr/kolisnet)에서
　이용하실 수 있습니다. (CIP제어번호:2016003968)

ISBN 89-5658-430-0 03810
ISBN 89-5658-431-7 05810(EPUB)
ISBN 89-5658-432-4 05810(PDF)

조순영 수필집

오래된 나의 정원

선우미디어

글집을 엮으며

《할머니가 쓴 세쌍둥이 육아일기》를 출간한 지 3년이 되었다. 요즘 칠순을 앞두고 의기소침해져 있었는데 최근 유치원 재롱잔치에서 세쌍둥이 손자들의 멜로디언 연주와 사물놀이 재롱에 다시 활력을 되찾았다.

숲 속에 있는 이 유치원에서 큰손자가 3년, 세쌍둥이 손자들이 3년을 자연 친화적인 환경에서 교육을 받은 것은 다행한 일이다. 평소 나는 악기 하나쯤 다루지 못하는 아쉬움이 컸었는데 일찍부터 악기를 다루는 손자들이 흐뭇하기만 했다. 네 손자들이 바른 인성으로 자랄 수 있도록 가르침을 준 유치원 선생님들께 감사드린다.

나이가 칠십이면 어떻고 팔십이면 어떤가. 나의 손자들이 자라면서 주는 기쁨에 비하면 그까짓 나이쯤 아무런 문제가 되지 않는다는 것을 이제사 깨닫는다.

칠순에 인생을 다시 시작하는 마음으로 펴내는 수필집, 비록 내용은 부실해도 무언가 해냈다는 기쁨이 있다. 그러나 내 작품집을 읽으시는 분들에게 제대로 된 글 한 편 선사하지 못하고 아직도 신변잡기에서 벗어나지 못했다는 자책감이 있지만 이게 바로 나의 민낯이니 어쩔 수 없는 일이다. 앞으로 독자와 공감할 수 있는 작품 하나 남기는 것이 숙제로 남았다.

2005년부터 나를 글문으로 이끌어 주시고 지금까지 온 정성을 다해 가르쳐 주신 한국문인협회 부이사장 정목일 선생님께 깊은 감사를 드린다. 그리고 바쁜 일정에도 불구하고 칠순에 맞춰서 출판해 준 선우미디어 이선우 사장님과 전 한국수필가협회 유혜자 이사장님, 그리고 송수미 선생님께 감사를 드린다.

오랫동안 동문수학한 글빛나래와 목우수필문학회 문우회들과도 출간의 기쁨을 나누고 싶다.

나의 양가 사촌형제들, 친구들과 함께 기쁨을 나눌 수 있도록 고희연을 마련해 준 삼남매 자식들에게 고마움을 전한다. 오늘에 이르기까지 변함없이 나를 응원해 준 동반자 남편에게 진심으로 감사하고 손잡고 여생을 함께 가자고 부탁하고 싶다.

2016년 2월 17일

저자 조순영

차례

내 마음의 여울

초등학교 2학년 때 친구와

강경여중 시절

한성여고 시절

여고 수학여행 중

Chapter

1

간
이
역

스웨터를 뜨는 행복

엊그제만 해도 가을볕이 따사로웠는데 갑자기 쌀쌀해졌다.

지하철 안 많은 승객들이 하나같이 핸드폰만 들여다보고 있는데 뜨개질에 열중하고 있는 여인이 있었다. 그녀를 흐뭇하게 바라보고 있는데 어느 역에서 내릴 곳을 놓쳤는지 황급히 일어나 내렸다.

그녀는 아마도 가족의 옷을 짜고 있었을 것이다. 내려야 할 정거장마저 잊은 채 뜨개질하던 그녀, 그녀는 가정도 따뜻하고 알뜰하게 가꾸고 있을 것만 같다는 상상을 하니 나까지 행복해졌다.

문득 젊은 시절 내 모습이 생각났다. 나도 뜨개질에 열중하던 시절이 있었다.

나는 초겨울에 약혼을 했다. 중매로 만나 약혼을 했다지만 그와 나는 서로 어색하기만 했다. 어느 날 데이트 중에 그가 털조끼를 떠달라는 부탁을 했다. 친정어머니는 그가 공무원이라는 것과 성실함에 점수를 높이 주고 그와 결혼하기를 강력하게 권유도 있었지만 우리는 가난한 집안의 장남 장녀라는 동병상련의 마음이 통해서 정혼하였다.

그와 미처 정이 들 겨를도 없었는데, 그의 갑작스런 부탁에 순간 당황했다. "나는 뜨개질을 할 줄 모른다."며 차갑게 거절을 했다. 그런데 무슨 영문인지 그의 부탁이 내내 내 귓가에 맴돌았다.

그때는 데모가 심했던 시절이었다. 경찰 공무원인 그는 날마다 데모대에 맞서 찬바람이 휘몰아치는 아스팔트 위에서 근무해야 했으니 그가 느꼈을 추위가 자꾸 안타까워지는 것이었다. 시골이 고향인 그와 나는 같은 장위동에서 살고 있었다. 그는 혼자 자취를 하고 있었으니 새벽이 오기 직전의 어둠이 더욱 어둡게 느껴지듯이 약혼녀를 지척에 두고도 혼자 지내야 하는 외로움은 추위를 더 크게 느껴졌으리라.

나는 틈날 때마다 털실가게에 들러 뜨개질하는 법을 배우며 조끼를 완성해 나갔다. 약혼자에게 선물하겠다는 결심을 하니 내 뜨개질에 가속이 붙었다. 일단 털실을 잡으면 밥 먹을 시간도 아까울 만치 뜨개질에 몰입하게 되었다.

연말 즈음에 서투른 솜씨였지만 짙은 쑥색 조끼를 완성할 수 있었다. 그때까지 다른 사람을 위하여 아무것도 해본 적이 없는 내가 누군가를 위하여 뜨개질을 완성했다는 기쁨도 컸지만, 그 옷을 받고 감격해하던 그의 모습은 40년이 지난 지금까지도 내 가슴에 따뜻한 기억으로 남아 있다. 그이는 지금도 추울 때는 어김없이 그 니트 조끼를 꺼내 즐겨 입는다.

이듬해 초봄, 우리는 서둘러 결혼했지만 둘 다 야근을 밥 먹듯 하는 직장이어서 신혼임에도 자주 만나지 못했다. 비상이 걸리면 그마저도 함께하지 못할 때가 많았다.

숱한 밤을 홀로 보내며 나는 뜨개질에 재미를 붙였다. 자주색에 벌집무늬를 넣어 가며 니트 스웨터를 떴다. 신혼이니 사랑하는 남편을 생각하며 한 땀 한 땀 힘들 줄 모르고 뜨개질을 했고 흐뭇해할 그를 생각하면 상상하는 것만으로 행복했다.

아이들이 생기고 나서도 나의 뜨개질은 계속되었다. 지하철 안에서, 또 달리는 버스 안에서 내 아이들 스웨터를 뜨고, 여름이면 구정뜨개실로 토끼 무늬까지 넣어가며 아들들과 딸아이 러닝셔츠도 직접 뜨개질하여 입혔다. 뜨개질에 빠져 있다 보면 두 시간이나 걸리는 출퇴근도 지루하지 않았다.

어느새 나의 뜨개질은 달인의 수준이 되었을 것이다. 숙달된 솜씨로 용기를 내서 뜬 게 남편의 점퍼였다. 앞에 지퍼를 다니 사서 입은 옷보다 더 멋졌다. 남편은 내가 짜준 그 점퍼를 애지중지 가보처럼 아껴 입는다. 지금도 그 옷을 입고 나가면 사람들이 부러워하면서 정말 손뜨개로 짠 거냐고 묻기도 한다. 그럴 때

목에 힘을 주며 으쓱해할 남편의 모습을 떠올리며 내 어깨에도 힘이 실린다. 덕분에 어설프고 부실한 아내임에도 내조를 잘하는 참한 현모양처로 둔갑을 한다.

급하고 덜렁대는 나도 뜨개질하는 동안에는 마음이 차분해지고 생각을 한 곳으로 모으고 집중하게 된다. 한 코 한 코 사랑과 정성을 담은 이 옷이 남편과 내 아이들이 입을 생각을 하니 뜨개질하는 동안에도 행복감이 배가된다.

차분하게 뜨개질하는 주부의 모습에서 건강한 가정이 그려진다. 일본에서는 주부들이 모이면 뜨개질을 하면서 여가를 즐긴다고 한다. 주부들의 경제 활동이 늘어가면서 점점 멀어져 가던 털실로 짠 옷이 요즘 다시 각광받는 추세라니 사뭇 반갑다.

날이 추워지기 시작하자 장롱 속에 깊이 넣어 두었던 점퍼를 꺼내어 살펴본다. 40여 년이 흘렀지만 그 당시 최고급 털실로 짠 덕에 여전히 1년 입은 옷처럼 품격을 유지하고 있다.

사람은 몸이 따뜻하면 마음도 따뜻해진다. 다시 깊이 넣어 두었던 뜨개바늘과 털실을 꺼내놓는다. 이제는 내 아이들은 다 제 가정을 이루고 잘 살고 있으니 손주들에게 입힐 스웨터를 짜야겠다. 한 코 한 코 뜨개질하는 동안 사랑의 무늬가 짜여지고 행복이 소리 없이 다가오는 것을 느낀다.

오래된 나의 정원

새소리에 잠이 깼다.

열어 놓은 창문 사이로 펼쳐진 초록 물결, 아침마다 잠을 깨서 맛보는 청신함이다. 경쾌하게 들려오는 새소리 덕에 귀도 눈도 마음도 호사를 누린다. 여행지에서나 느낄 수 있는 신선함을, 도시 한복판 우리 집 정원에서 느끼는 시골스러움과 이 행복을 앞으로 얼마나 더 누릴 수 있을까.

— **아침 새소리**

매미 한 마리가 창에 붙어 집 안을 들여다보고 있다. 꼼짝도 하지 않고 있다가 가끔 더듬이를 움직인다. 내 인생 절반 가까이 살아온 삶의 터.

젊은 시절 여러 세대가 이 집에서 복작거리며 살았는데 그 많던 사람들은 다 어디로 떠났을까. 그뿐이랴. 나의 두 아들과 고명딸마저도 제 갈 길로 떠나갔다. 얼마 전까지만 해도 친정어머니가 계셨는데 올 가을부턴 우리 부부만 남았다. 2층에 세든 가족까지 해봐야 우리 집에는 고작 다섯 명 뿐이다.

마을 전체가 재개발을 앞두고 하나 둘 빈 집이 늘어가고 있다. 시장도 없어지고 병원도 이사를 가더니 결국은 은행까지 문을 닫았다. 머리를 맞대고 옹기종기 모여 살던 마을 사람들이 빠져나간 빈자리가 유난히 크게 느껴진다.

곧 우리도 어디인지 모를 새로운 곳으로 떠나야 할 예비 철새다. 반평생을 살아온 우리 집과의 이별의 날이 가까워지고 있다.

오가는 사람이 뜸한 뜰 안에는 떨어진 낙엽만이 가득하다. 마당을 줄기차게 지키던 까만 승용차도 얼마 전에 떠나보냈다. 꽤 시원할 줄 알았는데 눈에 자꾸 밟힌다.

이곳에서 세 아이가 자라서 각자 가정을 이루어 떠나갔고, 나는 어느새 칠순이 되었다.

이제는 손자들이 우르르 몰려오는 날이면 나의 오래된 정원에서 숨바꼭질을 하거나 무궁화 꽃이 피었습니다를 하면서 놀곤 한다. 손주들은 나무 막대기로 나뭇가지를 치거나 흙을 파면서 신나서 놀곤 한다.

한 세대를 넘어 딱 제 아버지 형제들이 하던 놀이를 하는 모습을 보면서 생각은 끝없이 꼬리를 물고 이어진다. 세월이 가도 사람살이는 변함이 없다. 어른은 어른들 대로 아이들은 아이들대로 세대를 바꾸어 오고 가고, 또 다시 온다. 자연이 끝없이 순환을 하는 것처럼.

— 떠나간 사람들

우리 집 대문에 들어서면 현관까지 이어지는 길 양쪽으로 정원석이 나란히 서 있고, 오른쪽에는 황매화와 수국, 그 옆으로 대봉시와 월화감나무, 그리고 청단풍나무, 그 뒤에 큰아들 대학 입학 기념으로 남편이 심어 놓은 주목나무, 어느 해인가 내가 화개장터에서 사다 심은 매화나무가 줄지어 서 있다.

남편은 공무원 집이니 나라의 꽃 무궁화나무도 있어야 한다면서 두 그루를 구해다 심었다. 그늘진 곳에 자리 잡은 무궁화나무한 그루는 꽃을 제대로 피워보지도 못하고 빈약한 몸으로 간신히 자리를 지키고 서 있고, 다른 한 그루는 여름내 두 팔을 벌리고 수많은 꽃이 피고 지며 수문장처럼 대문을 지킨다. 똑같은 품종의 나무라도 주어진 환경에 따라 성장의 속도나 삶의 모습이 다른 게 꼭 우리네 삶과도 닮았다.

집 안쪽에 서 있는 라일락은 해마다 봄이면 하얀 꽃을 터트릴 때면 라일락 꽃향내가 정원에 그윽하다. 이웃한 산수유나무는 겨우내 빨간 열매를 달고 눈 내린 정원을 빛내 주곤 한다. 거실 앞 창가에는 지붕을 덮는 모과나무가 아직도 청청한 잎을 달고 늠름하고, 한때는 앵두가 탐스러워서 발길을 멈추곤 했던 앵두나무가 모과나무 그늘에 가려 고사 직전인 채 간신히 목숨을 부지하고 있다. 왼쪽 담에는 몇 년 전에 고사한 마른 백장미 한 그루가 아직도 다하지 못한 소임이 아쉬운 듯 앙상하게 가시를 달고 있다.

전에 세 살던 사람이 심은 엄나무 한 그루가 해를 거듭하면서 여러 군데로 번져 나갔다. 봄에 파릇파릇한 순을 따다 살짝 데쳐 된장에 조물조물 무쳐 밥상에 올리면 맛깔스런 반찬이 되곤 한다. 사철나무 옆에 산당화나무가 봄 한철 핏빛 울음을 터뜨린다.

― **정원의 나무식구들**

집 모퉁이로 돌아가면 장독대 밑으로 창고가 있고, 뒤쪽으로 바깥 화장실 두 개와 목욕탕이 있다. 그 위에는 또 다른 장독대가 햇볕을 듬뿍 받고 있다. 장독대에 늘어선 빈 항아리들이 지나간 날의 영화를 반추하듯이 침묵을 지킨다. 집 뒤꼍에는 푸른빛을 띤 탄탄한 챙이 뒤란을 지키고 있다. 나는 벽에 박힌 대못에 마늘과 양파 등을 걸어 갈무리를 하곤 한다.

모과나무 밑에는 한때 내가 시원한 동치미와 김장김치를 담가 놓곤 하던 커다란 항아리 세 개가 묻혀 있다. 항아리마다 김장김치를 그득그득 넣어 놓고 짚으로 엮어서 항아리에 옷을 입히면 알맞게 익은 김치가 식구들의 입맛을 돋워 주었다. 식구들이 다 떠난 지금은 김치를 많이 담글 필요도 없게 되었으니 할 일을 잃은 항아리들만 제자리를 변함없이 지키고 있다. 이제 빈 항아리에는 바람소리만 가득할 뿐이다.

— 장독대의 빈 항아리들

우리 집의 이른 봄 풍경이다.

겨우내 익은 맑은 간장을 가르면서 어머니와 나의 봄날은 갔다. 땅에는 파릇파릇한 새싹들이 솟아오르고, 산수유의 노란 꽃을 필두로 황매화가 곱기만 하다. 하얀 라일락 향기에 취한 옆집 젊은 아낙이 커피를 들고 마당으로 들어서고, 우리는 평상에 앉아서 이야기꽃을 피우곤 했다. 어느새 담 옆에는 잎사귀도 없는 분홍 상사화가 높은 꽃대를 세우고 소녀처럼 수줍게 웃는다.

초여름이면 꽃 중의 꽃이요 부귀의 상징인 자주색 모란꽃이 탐스럽게 피어나고, 보라색 물망초를 필두로 여름이 깊어갈수록 옥잠화 향기가 발길을 멈추게 한다. 분홍색 꽃잎과 자주색 꽃방 사이에 노르스름한 꽃술을 가운데에 단 무궁화꽃은 또 얼마나 단아한가.

청홍 단풍이 제 색깔을 아름답게 드러낼 즈음이면 가을이 왔다는 신호였다. 상강이 지난 후에는 감을 수확해야 했다. 장대를 휘휘 저으며 힘든 줄 모르고 따 내던 감을 올해는 미루고 또 미루다가 아들네 손을 빌어서 땄다.

모든 게 다 때가 있는 법인가 보다. 어느새 겨울 정원은 적막 속에 잠들어 있다. 소담스런 눈이라도 내리면 우리 집 정원에는 또 한 번 겨울동화 같은 멋진 설경으로 우리를 안내하곤 했다.

나는 사계절 중 겨울 정원을 가장 사랑한다. 창문으로 보이는 아무도 밟지 않은 흰 눈뿐인 정원을 바라보는 즐거움은 어디에 비할 바 없이 아름답다. 하얗게 흰 꽃을 피운 겨울 정원에는 빨간 산수유 열매가 내 가슴속으로 선명하게 파고 들어오고, 새봄의 꿈이 잉태하곤 했다.

지금은 초겨울. 아마도 이번 겨울이 이 집에서 보내는 마지막 겨울이 될 것도 같다. 오래 정든 정원의 내 친구, 나의 분신들을 어딘가로 떠나보낼 생각을 하면 벌써부터 아쉬움에 가슴이 서늘해진다.

35년 전 하얀 한복을 입고 허연 수염을 날리며 넉넉한 웃음을 선사한 전 주인은 이 집을 팔고 어디로 갔을까. 그때 이미 팔십이 넘었으니 지금은 별이 총총한 세계에 계실까, 아니면 양지바른 터에 잠자고 계실까.

— **우리 집 정원의 사계**

이사 와서 새로 이층집을 올렸을 때만 해도 옥상에 올라가면 나직나직한 집들이 눈 아래로 들어왔다. 그런데 오래지 않아 앞집도 옆집도 다투어 옛집을 헐고 신축하는 바람에 더 이상 우리 집만 높은 집이 아니다. 나름대로 높이의 평준화가 된 것이다.

우리는 아이들과 자주 옥상에 올라가서 놀곤 했다. 멀리 보이는 인수봉과 백운대를 손으로 가리키며 오누이는 신이 나서 탄성을 지르곤 했었다. 그때 이마를 스치는 바람이 어찌나 시원하던지 더위가 순식간에 가시곤 했다.

또다시 많은 세월이 흐르고 우리 집 옆으로 슬금슬금 고층아파트가 들어서고부터는 인수봉도 백운대도 시야에서 사라졌다. 우리 아이들이 삼각산을 바라보며 호연지기를 품고 청운의 꿈을 꾸었을 터인데 애석한 일이다.

한여름 밤, 아이들이 초등학교 다닐 때까지만 해도 이른 저녁을 마치고 옥상에 돗자리를 펴놓고 둘러앉아서 수박과 옥수수를 먹으면서 더위를 식혔다. 수없이 반짝이는 별들 아래서 별자리를 헤아리기도 하고 동요도 부르면서 밤 깊은 줄 몰랐다. 큰아들이 대학생이 되었을 때 2층에 세를 주었기에 옥상은 더 이상 우리 공간이 아닐뿐더러 아이들도 공부에 지쳐 있었다. 이제 옥상에서의 추억은 우리들 가슴속에만 남아있다.

— 하늘 정원

나의 오래된 정원, 내 작은 소왕국에는 우리 부부의 땀과 눈물, 희망과 보람, 꿈과 사랑, 청춘과 장년, 노년의 삶이 구석구석에 녹아 있다. 또한 우리 세 아이들의 웃음과 노랫소리, 그 아이들의 천진했던 유년 시절의 고운 모습, 중·고등학교 청소년 시절의 방황과 열정이 고스란히 새겨져 있으며, 대학시절과 배필을 만나기까지 그들이 살아낸 수많은 사연들이 아롱다롱 무늬지어 있다.

정원의 황매화와 수국, 감나무들과 청단풍나무, 주목나무와 매화, 무궁화나무들도 그런 우리 가족들을 한결같이 응원했을 또 다른 나의 가족들이다.

우리 부부는 이 집에서 천년만년 살 것처럼 튼튼하게 다시 집을 짓고 정원을 가꾸면서 30년이 넘도록 곰삭은 정으로 보듬고 살았다. 그런데 도시재개발을 앞두고 타의에 의해서 어쩔 수 없이 이사를 해야 하니 아쉬움과 안타까움으로 가득하다.

지금 막 손자 넷이 재잘대며 마당으로 들어올 것만 같아 시선은 대문간에 머문다.

— **2015년 겨울, 이사를 앞두고**

나의 띠에 얽힌 사연

　동양에서 수천 년 동안 내려온 운명 철학을 감정하는 과정에서 한 사람의 운명을 볼 때 태어난 해[年]와 달과 날과 시(時)가 기준이 된다. 연월은 국가와 사회, 조상과 부모로 보며, 태어난 날의 일간(日干)은 나 자신으로 보고, 일지(日支)는 배우자로 보며 시간과 시지는 자녀로 본다.

　그리고 운명 철학을 감정할 때 음력 1월 1일부터 태어난 띠의 기준으로 보지 않고, 입춘(2월 4일)을 기준으로 해서 새해로 본다. 내 나이 칠순을 앞두고 결혼 생활 42년을 돌아보았을 때 나는 운명 철학의 정확성이 상당 부분 과학적이라고 믿으며 복잡다단한 이치를 적재적소에 체계적으로 꿰어 맞추듯 일목요연하게 정리가 되어 있음에 놀라지 않을 수 없다.

　조선조의 선비 중 많은 학자가 천문과 지리, 역학 등에 능통했다고 한다. 나도 중년에 뜻하지 않은 가정의 이사와 직장 등 일신 상의 변동을 겪으며 내 운명이 왜 이렇게 전개되나 싶어 역학 공부를 잠시 했었다. 그러다가 다른 공부에 방해가 되는 것 같고, 짧은 지식으로 섣불리 남의 운명을 함부로 재단한다는 것은 어불성설이어서 그만두었다. 그렇지만 생각할수록 신묘하다는 생각에는 변함이 없다. 자연과 부합되는 천리와 인간의 타고난 성격과 함께, 운명을 뛰어넘을 수 있는 뛰어난 사람이 아닌 평범한 사람이라면 어느 정도는 운명 철학이 맞는다고 믿는다.

다른 사람의 얘기는 할 수 없고 우리 부부 이야기다.

남편은 1943년 음력 5월 24일 술시생이어서 사주가 계미년(癸未年) 무오월(戊午月) 을묘일(乙卯日) 갑술시(甲戌時)로 구성되었고, 나는 1947년 1월 10일이고 양력으로는 1월 31일 자시생으로, 만일 나의 띠를 돼지띠로 본다면 정해년(丁亥年) 임인월(壬寅月) 경술일(庚戌日) 병자시(丙子時)로 보아 남편과 사주를 대입해 궁합을 본다면 5월은 말띠 달로 1월이 호랑이 달로 인오술 합이 되어 좋고 날은 을묘일에 경술일로 천간지가 모두 합이 되어 천생연분이 된다. 연월일이 합이 들어 별 갈등 없이 행복하게 살 수 있겠으나 나의 띠는 돼지띠 1월임에도 입춘 전에 태어나서 개띠 12월로 보기에 나의 운명이 바뀐다.

사주가 병술년(丙戌年) 신축월(辛丑月) 경술일(庚戌日) 병자시(丙

子時)로 형성되었기에 부모 형제와 인연도 별로 없이 초년고생을
많이 했고, 월에 해당하는 축(丑)은 소로 사주에 소가 들면 지차
(之次) 자식으로 태어났다 해도 봉사를 많이 해야 하는 운명이어
서 종부(宗婦)가 되었고, 힘들게 살아야 하는 운명이었기에 결혼
한 후에도 계속 직장 생활을 한 듯하다.

　한밤중에 태어났으니 돼지띠로 본다면 편안히 잠잘 시간에 태
어났음에도 생각지도 않은 개띠가 되어 도둑을 지키기 위해 밤새
도록 짖느라 외롭고 힘들게 살지 않았나 싶다. 신강사주(身强四主)
여서 그럭저럭 살 수 있으나 남에게 베풀면서 살아야 하는 운명이
어서 종부(宗婦)면서도 늦도록 친정어머니를 모시고 산 것도 모두
가 내 사주가 만든 운명이 아닌가 싶기도 하다. 직업은 관직 공직
이어서 공무원(公務員)이 되었고, 나중에 공사(公社)에 몸을 담았
으면서도 하는 일은 정부청사에서 공무원과 같은 일을 한 것 같
다.

　일찍 아버지를 여의고 홀어머니 밑에서 초년고생이 많았고 그
래도 나중 팔자가 낫다고 하니 그것으로 위안을 삼으면 어떨까.

　남편의 사주 역시 관공직이 일지(日支)에 있기에 공무원으로 정
년퇴직까지 갈 수 있었겠고, 사주에 문창성(文昌性)이 있기에 작
은아버님 덕분에 입학 후 한 학기로 멈춘 대학 공부를 50대 후반
에야 다시 시작하여 마칠 수 있었고, 절도귀신이 사주에 있어 규

모 있고 컴퓨터란 말을 들을 만큼 정확하고 온유한 성품에 절제된 삶을 사는 게 아닌가 하고 짐작한다.

그이는 을목일주(乙木日主) 정원수로 인자한 성품이다. 사주에 나무가 많은 반면, 없는 금(金)을 경금(庚金)과 신금(辛金)이 있는 내가 보충해 주고, 나는 경금일주(庚金日主)로 강철 같은 성격이어서 급하고 강한 면이 있고 대신 내 사주에 없는 나무는 남편이 보충해 주기에 서로 도움을 주면서 산다고 생각한다.

아무리 좋은 운명을 타고 났다 해도 자신이 가진 성품에 앞설 수는 없다고 생각한다. 가장 중요한 것은 긍정적인 성품이면 운명이 좋은 쪽으로 흘러가고 부정적이면 불행한 쪽으로 흘러가는 것을 경험이 말해 준다면, 운명에 굳이 일희일비(一喜一悲)할 일은 아니지 않은가. 운명 탓을 할 시간에 자신의 마음을 다스리고 노력하면 행복한 삶으로 흘러갈 것이기에.

어떤 일에 부딪쳤을 때 속으로 '이만하기가 다행이야.' 하면서 살고 있다.

간이역

일요일 아침, 그이는 친구들과 천렵을 떠나고 덩그러니 나 혼자뿐이다.

결혼하자마자 신혼의 달콤함도 없이 십여 년을 친정식구와 10여 명이 복닥거리면서 살았다. 친정 동생들이 자립하여 떠나갔고, 나의 세 자녀들도 올봄에서야 노총각으로 끝까지 버티던 작은아들마저 짝을 찾아 떠났다.

홀로 있는 게 익숙지 않은 내가 큰 집에 있자니 갑자기 외로움이 밀물처럼 밀려왔다. 나는 큰며느리에게 전화를 걸고 말았다. 이럴 때 전화를 걸 수 있는 며느리가 있다는 게 얼마나 다행한 일인가.

"아버지는 외출 중이고 나 혼자 집에 있다."

"그럼 어머니, 이따 집에 갈까요?"

점심 무렵이었다.

"할머니, 저 왔어요." 하는 소리와 함께 갇혔던 봇물이 터져 밀려들 듯이 네 아이들이 뛰어 들어왔다. 안방으로 달려 들어온 아이들은 이불 위에서 몸 구르기를 하기도 하고, 삼촌 방에서 TV를 보는 등 마냥 신이 났다.

그런데 누가 또 찾아왔는지 초인종이 울렸다. 삼둥이들이 서로 문을 따 주려고 쟁탈전을 벌였다. 밖을 내다보니 작은아들 내외가 천천히 걸어 들어온다. 나를 놀래 주려고 저희들끼리 깜짝 쇼를 벌인 거였다. 큰며느리가 제 동서에게 전화를 해서 작은아들 네까지 부른 것이다. 동서끼리 뜻이 맞아 뭉치기를 잘하는 며느리들이 참 예쁘다. 큰며느리의 살가운 리더십과 작은며느리의 호응이 흐뭇하고 보기 좋다. 두 아들 내외와 손자들까지…. 반갑고 기쁜 마음을 말로는 형용할 수가 없었다.

아홉 식구가 한 차를 타고 음식점으로 향하면서 잠시 곁에 없는 남편 생각이 났다. 큰손주가 학교 숙제로 번화가를 보고 와야 한단다. 그래서 수유리 4·19 묘지로, 미아사거리로 해서 이곳저곳을 살피면서 돌아왔다. 기윤이 형제는 눈을 반짝이면서 신기한 듯이 바깥풍경을 바라보며 연신 조잘댄다. 아이들이 아니면 무슨 재미가 있으랴. 참새처럼 네 놈이 재잘대니 정신이 하나도 없다.

차창 밖은 가뭄 끝에 밤새 내린 비로 청량했다. 어른들만 있으

면 웃을 일이 하나도 없는데 손자들이 모이면 그 애들의 작은 몸
짓에도 웃음이 터져 나오니 웃을 일밖에 없다.

외식을 하고는 다시 우리 집으로 모여 즐거운 한때를 보냈다.
저녁 7시경 큰아들 네는 저희 집으로 가고, 작은아들 부부는 가까
이 있는 처가에 들르겠다고 한다.

집안이 잘되려면 며느리가 잘 들어와야 한다고 했는데 우리 집
은 제 몫을 다하고 또 노력하는 큰며느리가 있고, 큰동서 뜻을
받드는 작은며느리가 화목하게 지내니 그렇게 아름다울 수가 없
다.

저녁 8시 넘어서 집에 돌아온 남편은 하루 종일 혼자 있었을
나에게 미안했는지 죽을 사왔다. 어질러진 집 안에 아이들이 다녀
간 걸 눈치 채고는 함께하지 못한 걸 아쉬워했다.

이제 우리 집은 우리 아이들에게는 간이역이다. 그렇지만 언제
든 나의 후손들이 모일 수 있는 중심역이기도 하다. 명절에는 명
절대로 멀리 사는 시동생 네 가족들까지 모인다. 우리 집이 언제
나 중심역이 되어 행복을 퍼 나르는 샘물이 되기를 바란다.

인간은 모두가 자기가 뿌린 대로 거두며 사는 존재라고 하는데
외롭다는 푸념에 달려와 주는 살가운 혈육들이 있으니 나는 나름
인생을 잘 살았나 보다.

가을이 오는 길목에서

매미 소리가 시원스레 귀청을 울리는 걸 보니 여름내 모두의 애간장을 녹이던 태풍과 우기가 물러간 듯하다.

올여름은 104년 만에 기록을 경신했다는 홍수와 태풍으로 극심하게 시달렸다. 내 생애 이런 경험은 처음으로 오죽하면 장마라 하지 않고 우기라 했겠는가. 머나먼 나라의 이야기로 여기던 홍수와 태풍 피해가 실제 상황이 된 현실이다.

세계가 느닷없이 닥쳐오는 이상기후로 안심할 수 없는 일들이 눈앞에서 벌어지곤 한다. 입추가 지났는데도 아직도 태풍 '무이파'가 머물고 있다니…. 이제 우리나라에서 사계절이 뚜렷한 금수강산이라는 말이 옛말이 되는 건 아닌지 모르겠다.

홍수가 휩쓸고 지나간 자리는 마치 전쟁 후의 모습처럼 처참하다. 푸르러야 할 산이 붉은 속살을 드러낸 채 널브러져 있고, 큰

빗물이 빠져나간 산허리가 깊게 패여 금방이라도 허물어질 듯 위태하다. 갑자기 불어난 빗물에 함께 휩쓸려 내려가다가 쌓인 쓰레기 잔해들이 미처 갈무리하지 못한 베어진 나무들에 생선 가시처럼 걸쳐 있다.

태풍 후에 바람도 쐴 겸 찾은 청평호는 평온하였다. 활짝 열어놓은 청평댐 수문에서 하얀 거품을 물고 쏟아지는 거대한 물줄기는 나이아가라 폭포가 부럽지 않을 만큼 장관이었다. 청평호에서 탄성을 지르며 수상 스키를 즐기는 스키어들의 모습이 한 폭의 그림이었다. 그런데 호숫가 모래밭에는 상류에서부터 떠내려 온 스티로폼 조각들과 통조림 깡통, 음료수 병들 등 온갖 쓰레기가 어지러이 널려 있었다.

오늘 아침은 한결 서늘해져 우리 집 마당에 서 있는 식구들을 챙긴다. 감나무에는 어느새 아기 주먹만큼 자란 감들이 주렁주렁 달려 있다. 그런데 며칠 전까지만 해도 싱싱하던 고추가 잎이 말라 있다. 반 이상이 붉다 만 채 물러서 떨어져 있고, 고추나무 역시 말라비틀어진 고춧잎을 달고 누런 갈색으로 변해 있다. 만물이 자라고 익으려면 알맞은 햇볕과 수분이 어우러져야 하는데 달포 이상을 장마에 시달렸으니 고추나무인들 온전하겠는가. 탄저병에 걸린 것이다. 키 큰 감나무 아래 텃밭은 그늘이 질 뿐 아니라 큰 사람 덕은 보아도 큰 나무 덕은 못 본다는 속담이 생각나서 화분에 심어 양지에 놓아 두었는데 고추나무도 남이 겪는 고충을 거를 수는 없었나 보다.

봄내 날로 새잎이 돋아나 남편의 식탁을 풍성하게 해주던 두릅도 마른 줄기에 성근 잎사귀를 달고 검푸른 빛을 띤 채 몸살을 앓고 서 있다.

올여름 이상 기온에 사람만 시달린 것은 아닌 모양이다. 자연이 아프면 그 속에서 생명을 영위하는 모든 부류가 다 영향을 받는다. 자연을 훼손한 인간만이 받아야 할 고통을 식물들에게까지 겪게 하는 인간이 과연 만물의 영장이라 할 수 있을지, 새삼 부끄럽다. 가을이 오는 길목에서.

추억 만나기

한 직장에서 친하게 지냈는데 직장을 그만두고는 뜸했던 친구네 혼사에 다녀왔다.

나는 옛 동료들의 경조사를 되도록 챙기는 편이다. 선후배 동료들을 만날 수 있는 기회니 기꺼이 참석을 하는 것이다. 이들을 만나 이야기하다 보면 잊고 있었던 보석 같은 지난날들이 선물처럼 눈앞에 펼쳐진다. 신기하게도 만나지 못하고 오랜 세월이 지나갔음에도 별로 변하지 않은 모습들이 반갑기만 하다.

초임 시절 내가 따르고 닮고 싶었던 상사, 그때처럼 아직도 고운 모습을 간직하고 있는 선배도 만났다. 더욱 반가운 건 까맣게 잊고 있었던 친구를 만난 일이다. 그녀 이름을 듣는 순간 신기루라도 만난 것처럼 정신이 번쩍 났는데 그녀와는 내가 둘째 아들을 낳은 지 얼마 되지 않아 헤어졌다. 비슷한 무렵에 아기를 낳아서 특별히 친했었다. 눈이 크고 서글서글한 그녀는 여전히 옛 모습 그대로여서 39년이라는 세월이 믿기지 않았다.

처음에 나를 보면서 별 표정이 없던 그녀도 내 이름을 대자 반색을 했다. 긴 세월 너머로 모습은 낯설어졌지만 이름 석 자는 기억 저편의 저장고에 깊이 간직되어 있었나 보다. 그녀를 다시 만나자 잊었던 보물이 손안에 든 듯했다. 빠져나갔던 썰물이 '와르르~' 하고 한순간에 내 품안으로 밀려 들어오는 느낌이라고 할까. 어떻게 지냈을까.

그녀는 내가 했던 말들과 나의 모습을 재현해 내었다. 친정어머니가 아이들에게 기저귀를 채우지 않고 내놓고 길렀다는 이야기, 누가 뭐라든 별로 개의치 않고 내 할 일을 했다는 이야기를 했다. 나는 그녀와 친했다는 것 말고는 크게 떠오르는 일화들이 생각나지 않는데 그녀는 세세한 것까지 기억하고 있었다. 어떻게 사십 년 가까운 세월 동안 그 당시의 마음을 고대로 간직하고 있을까. 40여 년 전 이야기를 잘 간직하고 있다가 다시 꺼낼 수 있는 친구가 몇이나 될까. 새삼 친구의 소중함을 느낀다.

우리 집은 올해 봄 둘째 아들을 끝으로 아이들 셋을 모두 성가시켜서 홀가분하기만 한데 친구는 서른아홉, 서른여섯 살인 두 딸이 결혼을 하지 않았고, 그 아래로 둔 아들만 결혼했다고 한다. 늦도록 자녀 결혼을 시키지 못한 부모의 심정은 다 같은 것, 그

속이 얼마나 탈까 싶으니 안쓰럽기만 하다.

그런데 어떻게 된 일인지 주위에는 서른이 넘은 자녀들을 결혼시키지 못해 애면글면하는 사람들이 많다. 본인들은 꿈쩍도 하지 않는데 늙은 어미 혼자 애가 탄들 어쩌랴.

우리 때는 스무 살만 넘으면 혼기가 늦었다며 주위에서 걱정하던 시절이었다. 그래서 노처녀, 노총각이라는 말이 듣기 거북해 대부분 20대에 결혼을 하여 많은 자녀들을 낳았다. 그런데 지금은 30이 넘어도 느긋하고 기껏해야 아이를 하나 둘 낳는 정도이다. 그러니 우리나라 인구가 점점 고령화가 되고 사회 문제가 되고 있는 것이다.

세상사는 다 때가 있는 법이다. 심을 때가 있고 거둘 때가 따로 있는데….

팔천 원의 행복

이른 아침부터 가족들은 저마다 갈 데로 가고 나만 남았다. 홀로 남은 시간은 단출하고 홀가분하다. 궁하던 차에 탄 보너스 같다. 연말이어서인지 오늘따라 이런저런 생각으로 감회가 깊다.

나만을 위하여 무슨 일을 해야 하는가 고심해 보지만 고작 생각해 낸 일이 그동안 모아 두었던 파지를 치우는 일이었다.

고물상에 내다 파니 파지 값으로 일만 원이라는 공돈이 생겼다. 생각보다 많은 돈이다. 땀흘려서 생긴 돈으로 무엇을 할까 행복한 고민에 빠졌다. 마침 한 중학교 배움터 지킴이로 있는 남편이 오늘은 학생들이 현장학습을 가는 날이라 집에서 점심을 먹겠다던 말이 생각났다.

결혼 생활 사십 년이 가깝도록 맞벌이 부부로 살기도 했지만, 이리저리 바쁜 남편이라 집에서 점심을 먹은 것은 손가락으로 꼽을 정도다. 떠도는 말로는 집에서 하루 세 끼를 다 해결하는 남편을 삼식이라고 은근히 비하하면서 구박하는 사람도 있다지만 그 말이 우리 집에서는 통하지 않는다.

남편이 아침에 집을 나가면 저녁 여섯 시 전에는 집에서 남편 얼굴을 볼 수가 없다. 일이 끝나면 운동을 하거나 친구를 만나고, 또 다른 일을 하느라 낮 시간은 밖에서 모두 보낸다. 그래도 남편은 저녁 여섯 시면 어김없이 집에 돌아오는데 어기는 일은 좀해서 없다. 어떤 때는 나는 이 사람의 저녁밥이나 챙기는 사람인가 하고 빈정이 상할 때도 있다.

남편은 매사에 자기 관리가 철저해서 행동거지나 옷차림이 언제나 단정하다. 사람들은 내가 남편에게 신경을 많이 쓰는 줄 아는데 오히려 남편이 나를 챙겨 주는 편이다. 남들은 그런 사람이 좋다고 하는데, 나는 인간미가 없다고 투덜댄다. 남편은 부부 사이도 적당한 간격과 절제가 필요하다고 생각하는 듯하다.

그런 남편이 오늘은 점심을 나와 함께 먹겠다니 특별한 선물이다. 모처럼 남편과 오붓하게 목살이나 사다 구워 먹어야겠다고 생각하면서 정육점으로 갔다. 내가 만든 양념장에 금방 꺼낸 싱싱한 김장김치를 꼭지만 뚝 잘라 곁들이니 다른 반찬은 없어도 좋았다. 기름이 자르르 흐르는 햅쌀밥을 앞에 놓고 남편과 마주 앉았다.

신혼 시절, 첫날밤을 치르고 아침 밥상에서 시선을 어디에 두어야 할지 몰랐다. 남편의 첫 봉급 봉투를 받고 내가 왜 이 돈을 받아야 하나 하는 등등의 풋풋했던 기억이 떠올랐다. 조곤조곤 얘기를 나누면서 하는 식사가 옛 신혼 시절을 떠올리게 했다. 남편도 이런 분위기가 좋았는지 우리도 가끔씩 지금처럼 이런 시간을 갖자면서 행복이란 멀리 있는 것이 아니라 이대로 지속되었으면 하는 순간이라고 했다.

세상에는 많은 돈을 가지고도 행복감을 느끼지 못하는 사람들이 있는가 하면, 나처럼 단돈 팔천 원으로 더할 수 없는 행복감을 느끼는 사람도 있다. 행복과 불행은 각자의 생각에 따라서 달라지는 것이 아닐까 싶다.

내가 퇴직 후, 충분히 행복하다고 생각할 수 있는 환경 속에서도 불평 속에서 지냈는데 뒤늦게 행복의 씨를 찾아낸 것 같다. 자유롭게 살 땐 몰랐던 홀가분함이 그리운 걸 보면.

행복은 행복인 줄 모르게 왔다가 떠날 때에야 자신의 존재를 알리는 것이 아닐까. 희끗희끗한 남편의 성근 머리칼이 가늘게 떨린다. 따사로운 햇빛이 비치는 식탁에 잔잔한 미소가 감돈다. 오랜만에 맛보는 작은 행복감과 함께.

마지막 선물

8년여 전에 아카시아가 흐드러지던 저녁 무렵이었다. 막내 시동생의 전화를 받는데 어머니의 임종 소식을 전하는 게 아닌가.

시어머니께서는 미처 손쓸 사이도 없이 119구급차 안에서 운명을 하셨다는 것이다. 맏이로서 어머니의 임종도 못 지킨 우리의 슬픔과 참담함은 말로 형언키 어려웠다.

어머니께서는 늦게 둔 막내아들에 대한 애착이 남다르셨다. 어머니의 사랑을 독차지한 보답을 끝까지 하고자 했던 막내 시동생의 효성스러운 마음이 어머니의 임종을 지키게 되었다고 생각한다. 어머니의 마지막 가시는 길을 혼자 지켜본 막내 시동생의 심정이 어떠했을까.

시어머니께서 돌아가시던 해, 어머니의 생신을 우리 집에서 차려 드리고 싶었다. 그때 우리 집은 살던 집 2층에서 1층으로 이사를 했는데, 그때까지 제 공간 하나 없는 큰아들을 위한 결단이었다.

같은 집에서의 이사지만 그래도 복잡한 것이 많았다. 그런 우리 집 사정을 안 막내동서가 자청해서 어머니 생신상을 차리겠다고 했다. 맏동서인 나의 일을 자기 일처럼 생각해 준 막내동서의 마음 씀씀이가 고마웠다.

번잡스러운 것을 싫어하고 말씀을 아끼시던 어머니였는데 그날만은 달랐다. 사정이 있어 당신 생신날 참석을 못한 둘째 아들네가 안 오는 이유에 대해 어찌나 궁금해하시며 조바심을 내시던지. 연신 밖을 내다보시며 "둘째네 집에 무슨 일이 있느냐?" 하고 묻고 또 물으셨다. 또 생신날 찾아뵌 내 곁을 잠시도 떠나려고 아니하신 걸 보면 당신이 떠날 것을 미리 알고 계셨던 건 아니었을까. 사람이 죽을 때는 혈육이 그리워 찾는다는데, 돌아가실 걸 미리 알고 더욱 애틋한 마음이 된 건 아닐까. 또 참석을 못한 둘째네에게 온통 관심이 집중된 걸 보면.

생전에 어머니와 나는 베개를 나란히 베고 누워서 이야기를 나누는 다정한 고부간이었다. 책상에 앉아서 글이라도 쓸라치면 그런 나를 흐뭇한 듯 지긋이 바라보시곤 했다. 마치 초등학교에 입학한 큰딸이 대견하고 신기해서 보고 또 보는 것처럼.

어머니께서는 "이사하는 너희 집에 못 가봐서 미안하다."고 몇 번이나 말씀하셨다. 그 말씀이 어머니가 나에게 주신 마지막 말씀이 되었다. 막내동서는 동서대로 큰집이 궁금하시면 전화를 걸거나 직접 가시면 될 일을 묻기만 하시는 어머니가 답답했다고 나에게 말한 적이 있었다.

시아버님 임종 소식을 알리는 전화 외에, 어머니로부터 전화를 받았던 기억이 별로 없는 걸로 봐서 어머니는 자식의 집이라 해도 불쑥불쑥 전화를 거는 분이 아니었다.

시아버님이 돌아가시고 나는 시어머니께 함께 살면서 내 아이들을 건사해 주시기를 청한 적이 있었다. 그때 어머니가 사양을 하셨는데 그게 두고두고 마음에 걸려서 나에게 빚진 마음으로 사신 듯하다. "너에게 해준 것이 없어서 너희 집에 가고 싶어도 못 간다."고 말씀하시곤 했다.

친정어머니가 내 아이들을 돌보느라 한참 고생하시던 때여서 함께 살자고 강하게 말씀을 못 드린 것이 돌아가신 후에 더 큰 후회로 남아 있다.

어머니는 큰아들인 나의 남편에게 젖만 먹였을 뿐, 맏손자를 독차지하고 끼고 계신 당신의 시어머니가 무서워 알뜰히 품어 주지 못했으며 고된 시집살이에 늘 힘겨우셨다는 말씀을 자주 하셨다. 어머니의 말씀을 들을 때마다 나는 부모 사랑을 받지 못한 남편이 가여웠다. 남편도 어머니에 관한 얘기는 별로 하지 않았다. 할머니가 살아 계셨으면 할머니로부터 사랑 많이 받았을 거라며 할머니 정을 그리워하곤 했다. 시어머니에게는 열아홉 이른 나이에 출산한 첫 자식을 제대로 품지 못한 한이 있었다.

어머니께서는 몸이 약한 막내아들만 끔찍이 위하셨다. 어머니는 명절을 쇠러 우리 집에 와서도 막내아들 밥을 해줘야 한다고 하루도 더 있지 않고 돌아가시곤 했다.

내 아이들 셋을 직장에 다니는 나대신 몸이 약한 친정어머니가 맡아서 키웠다. 시어머니도 노쇠해지자 당신이 해야 할 일을 사돈댁에 미룬 것 같다면서 나의 친정어머니께 미안해하셨고, 당신이 현명치 못해서 젊은 힘을 보태 주지 못했다며 후회를 하시곤 했다.

나는 나대로 시어머니께 늘 죄송했다. 매일 골골하는 친정어머니를 모시고 사는 처지였지만 언젠가는 꼭 시어머니를 모셔서 장남의 역할을 하려고 했는데 80도 못 사시고 가시다니…. 회한만이 남았다.

직장이 있는 나를 대신하여 친정어머니가 내 아이들을 맡아 돌봐 주셨고 그 손주들이 자라서 외할머니를 지극하게 섬기니 노년의 빛나는 삶이 여간 부럽지 않다. 친정어머니의 노고가 만만치 않았다는 건 그만큼의 세월을 살아 낸 다음에야 알게 되었다. 친정어머니가 몸에 병을 달고 사신 건 아이들을 돌보느라 힘이 모자라서였다는 것을 그때는 몰랐었다.

　고모님 칠순 잔치에서 한창 분위기가 무르익을 무렵, 큰시누이가 울먹이는 목소리로 엄마 생각이 난다며 내 손을 잡았다. 마치 내 손이 돌아가신 어머니의 손이라도 되는 것처럼. 나는 시누이 등을 토닥거리며 우리도 모두 똑같은 마음이라고, 단지 숨죽여 참고 있는 것뿐이라는 말로 위로해 주었다.

　문득 자리이타(自利利他)라는 말이 떠오른다. 남을 위하는 것이 결국은 나를 위하는 길인 것을 그때는 왜 몰랐을까. 장성한 우리 자식들이 제 외할머니에게 항상 고마워하는 걸 보면 세상에 공짜가 없는 것이다. 어미인 나보다도 할머니와 속정을 나누는 아이들 모습이 그저 흐뭇할 뿐이다.

　이다음, 내가 이 세상을 떠날 때 나는 맏며느리에게 마지막 선물로 무슨 말을 남길까.

약속에 대하여

교통사고로 친구가 입원해 있는 병원에 가려고 고속버스를 탔다.

승객은 다섯 사람뿐이어서 승객이 적은 게 내 잘못이라도 되는 것처럼 운전기사에게 미안한 마음이었다. 교통이 좋아지고 지방까지 전철이 생겨서 승객들이야 편해졌지만 버스 회사로서는 손실이 크겠다고 생각하고 있는데, 버스는 정시에 미련 없이 떠났다.

만만치 않은 기름 값에 비싼 통행료까지 지불하면서도 승객들과의 약속을 지키기 위하여 손실쯤이야 아무렇지도 않게 감수하는 버스 회사를 보면서 사람 사이에 정해진 약속을 지킨다는 게 얼마나 중요한지를 생각하게 되었다.

옛날 같았으면 대부분의 버스 회사들이 손님 한 사람이라도 더 태우려고 출발 시간을 늦추면서라도 온다는 보장도 없는 손님을 기다리느라 지체했을 터인데, 지금은 신용을 지키지 않으면 살아남을 수 없는 시대가 되어서인지, 텅텅 빈 채 출발하는 버스를 보니 격세지감을 느꼈다. 손해를 감수하고서라도 정시에 출발하는 버스 회사처럼 신용은 약속을 지키는 데서 출발하느니만큼 약속을 지키는 것이 엄존한 생존경쟁에서 살아남는 지름길이 된 것이 아닐까.

젊을 때 휴가철에 지방으로 놀러 갔다가 시외버스가 약속 시간을 지키지 아니하는 바람에 지루한 마음으로 땡볕 아래서 몇 시간이고 죽치고 앉아 기다리던 생각이 났다. 특별한 대안이 없는 한 어쩔 수 없이 버스가 올 때까지 기다리는 수밖에 없었다. 그때 그 긴 시간을 기다리는 것이 얼마나 덥고 힘들던지, 약속을 지키지 아니하는 버스가 그렇게 원망스럽더니 지금은 그 지루함마저 그리운 추억이 되었다.

병원에 가서 친구에게 그 얘길 했더니 듣고 있던 젊은 환우 한 분이 자기는 일행 두 사람만이 대형 버스에 달랑 타고 간 적도 있다고 말했다. 과연 이 차가 제때에 떠날 수 있을까 하고 내심 불안해하고 있는데 그 차는 아무렇지도 않게 정시가 되자 어김없이 출발을 했고, 운전기사의 서비스가 얼마나 좋던지 젊은 사람이 좋아할 만한 음악을 틀어 주고 비싼 에어컨까지 펑펑 틀어 주어서, 그 큰 버스를 둘이서 타고 전세 낸 기분으로 쾌적하게 여행을 했다고 했다.

내가 아는 치과 의사는 혼자서 터키 여행을 갔다가 다른 유적지도 가기 위해 한여름 사막과 다를 바 없는 곳에서 약속을 지키지 않는 버스를 8시간이나 기다렸다고 한다. 그는 그래도 보고 싶은 유적지를 보았다면서 집에 와서 하는 얘기가, 아무리 보고 싶은 유적지가 있을지라도 그 먼 나라까지 가서 자신이 기다리지 않았으면 그 좋은 곳을 평생 못 볼 수도 있었을 거라고 하더란다. 안 그랬더라면 아마도 자기 같은 성격에 두고두고 후회했을 거라고 했다.

그 의사는 의사가 되기까지 공부하면서 인내심을 배웠을 것이다. 병원에서 하루에도 수십 명씩 만나는 환자 가운데 어떤 성격의 환자가 어떤 증상으로 의사를 찾을지 모르는 상황에서, 그때마다 곡진한 인내심이 아니라면 중차대한 업무를 어떻게 수행할 것인가. 땡볕에서 지루하게 기다리던 그런 마음들이 모여서 유능한 의사가 되는 데 아마도 큰 힘이 되었을 것이다.

나도 모국어만 사용하다가 외국어를 쓰지 않으면 아니 될 업무를 맡은 적이 있었다. 비록 내가 원해서 가긴 했지만, 초창기엔 업무 수행하기가 만만치 않았다. 일어는 전에 근무하던 곳에서 퇴근 후에 학원을 다니면서 틈틈이 익혀놓은 터라 어려움이 덜했지만 영어가 문제였다. 아무리 어학 교육을 받는다 해도 이미 아이가 둘이나 있고, 학교를 졸업한 지도 오래된 판국에 영어 회화가 쉽지 않았다.

공부란 게 한다고 해서 쉽게 되는 것도 아니기에 근무에 임할 때마다 오늘은 어떤 까다로운 고객을 만나 얼마나 시달림을 받을까 항상 긴장감을 늦추지 못했었다. 그러노라면 한겨울에도 등줄기에 땀이 줄줄 나고 얼굴은 확확 달아올랐다.

지금은 사무자동화가 되어 손님을 한없이 기다리게 하거나 손님과 다툴 일도 없지만, 그때는 말만 손님이 왕이지 여건이 허락질 않아서 우리들은 근무를 하면서 본의 아니게 고객들에게 거짓말을 할 수밖에 없었다.

그럴 때는 하나밖에 없는 목이 하루에도 수십 번 달아나는 손님의 엄포를 감수해야 했다. 아마 그때 달아난 목을 지금 계산하면 이루 헤아릴 수도 없을 것이다.

이제는 세상이 바뀌어서 손님들 말 한마디가 천금인 세상이 되었지만 그때는 생산자가 왕인 시절이었다. 모든 게 편리해졌지만 사람 사이에 인정은 많이 사라진 세상이 되었다. 나남 없이 약속을 지키면서 사는 세상이 되어 좋기는 하지만, 그래도 인간미 없는 점은 아쉽다. 혹자는 이 무슨 해괴한 소리를 하느냐고 나무라겠지만, 나는 불현듯 잊혀진 그 아날로그 시절이 그리워진다.

힘겨웠지만 인간미 넘치던, 다시 갈 수 없는 그 시절이 그리운 이 이율배반적인 인간의 마음은 무슨 조화일까. 나로선 알 수가 없다.

KT 직장에서 사가 경연대회 팀원들과

직장동료와 어느 날

소중한 선물

퇴직을 하고

우리나라에 외환위기가 닥쳤을 때 나는 평소 정년 이전에 퇴직을 하리라고는 생각지도 못했는데 '젊은 후배들을 위하여 나가 주는 것이 후배 사랑'이라는 상사의 명분론에 휘말려 퇴직을 한 것이다. 30년 동안 다니던 직장에서 명예퇴직을 한 후 전업주부로 산 지 8년째가 되었다.

갑자기 일자리를 잃은 뒤에야 이게 아닌데 싶었지만 이미 배는 떠나간 뒤였다. 살면서 어떠한 결정을 내려야 할 때 심사숙고하지 않은 결정은 후회를 동반한다는 걸, 나는 퇴직이라는 경험을 통해 알게 되었다.

나는 퇴직하고 나서 6개월여를 일주일 내내 동네 서예학원에 다녔다. 실력이 늘지 않아 서예에 진력이 날 즈음, 지방에서 서예학원을 하시는 초등학교 은사님께서 내가 서예를 배운다는 말에 나에게 우편으로 지도해 주시겠다고 하셨다. 그러나 번거로울 것 같다는 얕은 생각에 선생님의 뜻에 따르지 않은 게 아쉽기도 하다.

아침부터 저녁까지 서예학원에 매어 있으니 생활이 되지 않았다. 모든 일은 천천히 쉬면서 해야 하는데, 급한 내 성격이 문제였다. 이렇게 해서 퇴직 후 첫 번째로 뜻을 세워서 시작한 일이 실패로 끝나 버렸다.

서예 배우기를 접고, 이번에는 창업을 염두에 두고 실직자를 위하여 정부의 지원으로 대학에서 개설한 제과 제빵 기술을 배우러 또다시 6개월을 줄기차게 쫓아다녔다. 그런데 이것마저도 적성에 맞지 않아 수료에 그쳤다. 또 숙녀복을 취급하고 있는 친구네도 가 보고 한식도 배워 보았지만 만만하게 도전할 일은 아니었다.

지금은 나의 퇴직 후 삶을 거울삼아 후배들에게 노후를 위해 필요한 공부를 미리미리 해 두라고 일러 준다. 공부란 오랜 시간 동안 지속적으로 해야지 어느 날 갑자기 되는 게 아니라는 걸 비싼 경험을 통해 뼈아픈 교훈을 얻었기에.

이것저것 기웃거려만 보았지 정작 적성에 맞는 퇴직 후 나를 위한 준비는 해 두지 못한 자신의 무능을 자책할 뿐이었다. 다행히 그 무렵 구청 여성 교실에서 여성들을 위한 다양한 프로그램을

운영하기 시작했다. 나는 문예창작과 한문, 영어와 일어 공부를 하였다. 좋은 기회를 얻은 나는 신바람이 나서 열심히 공부를 했다. 늦은 나이에 공부를 할 수 있게 되다니.

그것도 잠시 2002년 선거 때문에 양재, 미용, 요리 등 기술과목만 그대로 두고, 교양과목은 모두 폐쇄했다. 어찌 보면 교양과목은 정신 건강상 기술과목 못지않게 중요할 수도 있는데, 구청 방침은 그게 아니란다. 선거가 끝난 후 한참 있다가 한문이라도 부활된 게 그나마 다행이라고 자족했다.

내가 퇴직 후 3년 동안 남편은 아직 현직에 있었다. 그 3년을 나는 평생 해 보지 못했던 주부로서 여자로서 일생 중 가장 안온한 행복을 경험한 셈이다. 경찰 공무원인 남편의 출퇴근길을 배웅하고 맞이하는 재미가 쏠쏠했다. 여고생이었던 딸이 우리를 '주책 군과 푼수 양'이라고 불렀다. 입시 중압감에 눌려 한참 신경이 예민할 나이에 처음 보는 부모의 애틋함을, 경험해 보지 아니한 그 애가 어떻게 이해할 수 있었겠는가.

그런데 기대가 크면 실망이 크다는 말이 있다던가. 자신이 퇴직을 하면 나를 옆에 태우고 삼천리 방방곡곡을 유람하자던 남편이 막상 퇴직을 하고 나니 자기만을 위한 취미 활동을 하느라 나와의 약속은 까맣게 잊었다.

그런 일이 있고 난 후에야 나도 남편이 내 인생을 대신 살아

주는 것이 아니니 내 세계가 있어야 한다는 걸 알았다. 그리고는 지금 배우고 있는 선생님께 글공부를 시작했다. 방송통신대 동기생이 권할 때 시작할 걸, 늦게 시작한 것이 또한 후회가 되지만, "늦다고 생각한 때가 가장 빠르다"고 한 임제 선생의 말을 상기한다.

세상의 많은 사람이 그렇듯이 남편 또한 자기애가 강한 사람이어서 나를 위해 시간을 내주지는 않았다. 자신뿐 아니라 나에게도 그러기를 바란다. 나보고도 "가지고 있는 것 중에서 가장 좋은 것부터 먹고 쓰면서 살라."고 하는데 근검절약이 몸에 밴 나는 그런 일들이 잘 되지 않는다.

우리 부부는 지금은 같은 선생님 밑에서 함께 사물놀이를 배우고, 남편이 가끔 나의 탁구 코치가 되어 주기도 한다. 그러나 처음에 함께 배우자는 내 말에 "다른 곳에 가서 배우라"고 한 말은 내게 상처가 되어서 그이와는 상관도 없는 곳에서 탁구와 사물놀이를 열심히 배웠다. 한참 후에 나는 한 달에 여덟 번 중 네 번은 직장생활 때문에 결강을 할 수밖에 없는 사물놀이 선생님을 대신해서 수강생들을 지도한 일도 있었다. 배우는 사람들이 나에게 고마워하는 건 말할 것도 없었다. 부족한 나를 따라주는 그들이 고맙기는 나도 마찬가지였다. 이래서 사람들은 상부상조하면서 살게 되는가 보다.

그런데 지금의 나를 누구보다도 대견해하는 사람은 그토록 나를 슬프게 했던 나의 동반자, 남편이다.

나는 가끔 남편과 한 무대에 서면서 나만의 행복감을 맛보곤 한다. 그럴 때 남편도 뿌듯한지 "당신 그때 회사 그만두기를 참 잘했어."라고 말한다. 퇴직 후에 많은 아픔을 겪긴 했어도 나도 그때 그만두기를 잘했다고 생각한다. 그러기에 슬픔이 때로는 약이 되기도 한다. 그런 면에서 나의 남편은 또 다른 내 인생의 스승이다.

나는 신바람 나는 세상을 꿈꾼다. 그래서 인생은 새옹지마라고 했던가.

세쌍둥이의 가을걷이

새벽 산책을 하려고 현관문을 여니 주렁주렁 달린 빠알간 감이 먼저 반겨 준다. 가을도 어지간히 깊어지고 있나 보다.

산책을 하는데 동네 가운데 아파트 한편에 세워 놓은 어린이용 노란 미끄럼틀이 눈에 띄었다. 주민이 내어 놓은 것을 경비원 아저씨가 버리지 못하고 한쪽에 세워 놓았나 보다. 우리 집 마당에 가져다 놓으면 아이들이 잘 놀 것 같아서 눈여겨보았다.

오는 길에 다시 보니 그대로 놓여 있다.

경비원 아저씨에게 조심스럽게 "아저씨! 제가 이것 가져가도 돼요?"라고 물었다. 조금 망설이다가 가져가란다. 아마 그분도 손자 생각이 났나 보다.

부피가 커서 작은 내 키로는 감당하기가 버거웠지만 재미있게 놀 손자들을 생각하며 몇 번이나 쉬면서 가져다 놓았다. 세쌍둥이들이 오르내리면서 신나게 노는 모습이 눈에 보이는 듯하다.

우리는 결혼 초부터 지금까지 구순 중반인 친정어머니를 모시며 4대가 옹기종기 모여서 살고 있다. 그런데 어머니가 정부 복지 시설에서 낮 동안을 잘 보내시다가 저녁때 집에 오는 순간부터 비상이 걸린다. 하루가 즐겁다가도 집에 오시는 순간 마음이 바뀌니 매양 살얼음판이다. 가까이 사는 큰아들 네가 제 집으로 돌아간 저녁에는 지쳐서 꼼짝도 할 수가 없다.

4대가 함께 모여 북새통을 떨어도 아이들은 우리에게 선물이다. 여섯 살 세쌍둥이로부터 100세를 바라보는 노인까지 온 식구가 함께한다는 일이 어찌 만만한 일이겠는가.

이렇듯 어머니의 몽니 때문에 진땀이 날 때도 한두 번이 아니다. 아이들은 볼수록 어여쁜데 어른은 모시기가 힘겹다. 친정어머니는 생전에 본 적도 없는 사돈 할머니까지 들먹거리면서 남편의 심기를 거스른다. 그럴 때면 무던한 남편이지만 안색을 살피게 된다.

오늘은 휴일이어서 아들네 가족과 밖에서 점심 식사를 했다. 멀지 않은 곳에 다닐 때에도 곧잘 자동차에 의지하는데 오늘은 아이들과 함께 구청 행사에 참석한 며느리가 우이천을 걷겠다고 한다. 의외의 말이 반가웠다. 가족은 차로 보내고 혼자서 집에까지 걸어 가려 했던 남편도 만면에 웃음을 띠고 반긴다.

　아들은 혼자 차로 가고 우리 가족은 천천히 우이천변을 걸었다. 팔뚝만 한 잉어와 작은 송사리 떼가 물살을 거슬러 오르려는 힘찬 파닥임을 지켜보는 재미도 쏠쏠하다. 하얀 모래밭을 배경으로 물가에 서 있는 백로, 왜가리, 오리의 풍경이 평화롭다. 그들은 연신 물속에 부리를 넣었다가 하늘을 쳐다보곤 하는데 먹이를 먹는 중인 모양이다.

　햇볕은 따사롭고 하늘은 끝 간 데 없이 높고 맑다. 빨간 고추잠자리가 땅바닥에 닿을 듯이 나는 것을 보니 가을도 어지간히 깊었나 보다. 참새 떼들도 즐거운지 떼 지어 이리저리 날고, 전깃줄에 나란히 앉은 비둘기가 제 무게로 중심을 잡느라 앞뒤로 기우뚱거리는 것을 보며 한바탕 웃었다. 올망졸망한 네 손자 녀석들은 징검다리를 건너더니 바람개비를 돌리며 신나게 재잘거렸다. 그 애들이 집에 있다면 저희끼리 순서를 정해 게임을 하거나 TV에 매달려 있을 것인데, 맑은 햇살 아래서 마음껏 웃고 뛰노는 것을 보면서 우리 부부는 행복을 만끽한다.

　즐거운 나들이를 마치고 모두 우리 집으로 모였다. 마당에 있는 노란 미끄럼틀을 보자마자 세쌍둥이는 쪼르르 달려가 한 놈씩 미끄럼틀 위로 올라가 땅으로 힘껏 뛰어내리면서 놀이에 열중한다. 애 아범도 "이 녀석들이 신기하게도 제 형과 달리 사내티를 낸

다.”고 웃음을 감추지 않는다.

세쌍둥이들이 놀이에 지쳤는지 놀던 미끄럼틀을 마당 이쪽저쪽으로 옮기더니 감나무 밑에 세워 놓는다. 그러더니 미끄럼틀에 올라가 발뒤꿈치를 들고 팔을 뻗어 감나무 가지를 잡아당겨 감을 따는 게 아닌가. 제 아버지와 삼촌, 고모를 키울 때도 보지 못한 모습이어서 신선하다. 어른도 하지 않았는데 여섯 살 꼬마들이 어떻게 감을 딸 생각을 했을까. 언제 의기투합해서 의견을 모았는지 대견하다. 아이들이 많으면 협동이 되지 않을 것 같아도 순식간에 대화로 뜻이 모아지는 모습을 보면서 자식을 외동이로 키우는 것보다는 여럿이 저희들끼리 협동하고 배려하면서 자라게 하는 것이 훨씬 바람직함을 깨닫는다.

나뭇가지 하나를 부러뜨리긴 쉬워도 여러 개를 함께 모은 나뭇단은 쉽게 부러지지 않는다. 또 “혼자 가면 빨리 갈 수 있지만 함께 가면 멀리 갈 수 있다.”는 아프리카 속담도 있다.

저희들이 힘을 모아서 딴 감, 30년이 넘도록 아무도 먹지 않고 남편과 나와 제 고모 셋이서만 즐기는 홍시를 막내손자 기웅이 입에 수저로 퍼서 넣어 준다.

“꿀감! 꿀감!” 하면서 오물오물 제비새끼처럼 입을 크게 벌리면서 잘도 받아먹는다. 세상에서 본 가장 어여쁜 그림에 우리 마음도 흐뭇하다. 가을만 되면 홍시 먹는 재미에 푹 빠진 우리 부부처

럼 홍시 맛을 아는 막냇손자 기웅이가 귀여워 가슴에 포옥 안아준
다.

이다음에 우리가 이 세상에 없더라도 기웅이는 어렸을 때 즐겨
먹었던 꿀감 생각을 하면서 우리를 추억하지 않을까.

소중한 선물

하늘이 맑고 햇볕이 따사로운 가을날, 딸의 시외조부(媤外祖父)께서 참깨를 보내 주셨다. 여든이 넘은 노구(老軀)를 이끌고 농사지어 보내신 것이니 먹기는 고사하고 보기도 아까운 참깨다. 홀로 깨알 하나하나를 수확해서 갈무리하느라 얼마나 힘드셨을까.

이렇듯 소중한 것을 누구와 나누어 먹어야 하나 달포를 묵혀 두고 고심했다. 맨 먼저 정한 분이 초등학교 은사님이다. 선생님이 나의 진학의 필요성을 어머니께 간곡하게 말씀드리지 않았더라면 중학교에도 가지 못했을 뻔했으니 내 인생의 은인이시다. 어머니가 일찍이 홀로 되어 4남매 키우기도 힘든 시절에, 교육만이 희망이라고 어머니께 간곡히 말씀하셨던 분이다.

연말에 깨를 들고 찾아뵈었는데 사모님께서 손수 농사지어 만든 매실엑기스를 손에 들려주신다. 칠순의 제자가 잊지 않고 찾아

주는 게 고맙다고 하셨다. 다 그런 건 아니겠지만 어떤 농가에서는 매실을 수확하기 전날, 인건비를 아끼려고 나무에 약을 뿌려 놓기도 한다. 어찌 품삯을 들이지 않겠다고 사람의 건강을 해치는 일을 할 수 있을까.

내가 받아온 매실엑기스는 고령의 선생님께서 직접 위험을 무릅쓰고 나무에 올라가 딴 것을 사모님께서 소쿠리로 한 알 한 알씩 받아서 담근 것이니 두 분의 정성에 콧날이 시큰하다. 두 분 땀과 노력의 산물이니 감히 먹을 수가 없어서 속이 쓰리다는 어머니께 약으로 물에 타 드리고 있다. 사람의 마음은 통하기 마련인가. 사모님도 내가 가져다 드린 참깨를 보답할 분을 위해 잘 보관하고 계신다는 말씀을 들으니 감동스럽다.

다음으로 큰며느리의 친정 큰어머니께 깨를 챙겨 드렸다. 품안의 자식으로 키운 조카딸을 결혼 후에도 때마다 마음을 써 주는 고마운 분이시다. 또 다음으로 적은 양이지만 작은아들의 처가가 될 예비 사돈네까지 나누고 나니 비로소 마음이 편안하다.

나에게 가장 소중한 것을 나누고 싶은 은사님과 서로 자식을 나누어 가지는 사돈은 소중하면서도 귀한 인연이다.

재작년에 양산으로 시집간 딸이 시부모와 함께 살 집을 지으려고 준비를 하고 있다. 며느리보다는 아들의 목소리를 더 듣고 싶어 할 시어머니를 생각해서 안부를 묻는 일에 대한 전화를 남편이 걸도록 맡긴다는 배려심 있는 딸이다. 요즘 며느리들은 생각조차 하지 못하는 일이라고 사돈댁에선 기특해하신다. 딸의 시외조부 께서 그런 외손부(外孫婦)의 마음이 예쁘고 갸륵하다며 우리에게 보낸 참깨이다.

요즘 젊은 새댁들 중에는 시부모보다 친정부모를 우선시하는 경향이 많다. 그러나 나는 내 딸이 시부모님을 잘 섬기는 일이 훨씬 값지다고 생각한다. 시집보낸 딸이 시부모에게 인정받는 것 이 내게 효도하는 것보다 더 기쁜 것이다. 시부모에게 제 도리를 다하고자 하는 딸의 마음가짐이 기특하고, 시댁에서 인정받고 있 는 것 같아 흐뭇하다.

언젠가 혼기에 찬 딸이 나중에 시집가서 엄마 곁에 살고 싶다고 했을 때 "네 오빠가 둘이나 있으니 나는 그들과 살 테니 너는 시댁 을 잘 섬기며 살라."고 했지만, 딸을 시집보낸 어미는 늘 아쉽고 안쓰러운 마음이다.

나도 때로는 멀리 있는 딸애가 그립고 안쓰럽지만 어떻게 세상 일이 나 좋은 대로만 이루어질 수 있겠느냐고 자신을 달래곤 한다. 아들을 며느리에게 빼앗겼다고 서운해 할 딸의 시어머니보다는 차 라리 딸을 멀리 시집보내고 아쉬워하는 지금의 내가 낫지 않을까. 역지사지(易地思之)의 마음으로 나를 다독이며 큰 숨을 쉰다. 사람 사이에 서로서로 배려하고 살피는 삶이 가치 있는 일이 아닐까.

섬

터키와 그리스 여행 중에 홀로 살던 남동생의 마지막 소식을 들었다. 에게 해를 바라보면서 "길수야, 미안해."하며 속죄하는 마음과 함께 눈물이 하염없이 흘렀다. 팔천 킬로미터 밖의 소식을 어찌할까. 불가항력이요 속수무책이었다.

내가 한국에 가든 안 가든 상황 종료란다. 그 애는 30년을 섬 속에 자신을 가둔 채 살다 갔다. 큰 집에 혼자 살면서 모든 이의 발걸음을 막았다. 긴긴 세월, 혼자만의 남루한 거처를 보이기가 싫어서였을까, 어머니마저도 거부했다.

나 자신도 납득할 수 없는 일이다. 동생을 잃고서도 슬픔과 비탄 사이로 비집고 들어온 이기심은 어머니가 아니어서 다행이라는 생각을 막을 수는 없었다. 구순의 중반에서 병치레를 하시는 어머니가 가셨어야 할 길을 예순도 안 된 동생이 간 일을 두고,

어머니가 가신 것보다 낫다니, 누군가 나더러 비정하다고 해도 그 순간 나는 할 말이 없다. 어쨌든 나는 그랬다. 어머니와 함께 살면서 불효만 저지른 나로서는 만일 그랬더라면 남은 삶을 자책으로 살았을 것이다. 어머니를 편안하게 보내 드려야 한다는 강한 책무감으로 살아왔기에 어쩔 수가 없다. 이래서 인간은 이기적인 동물인가 보다. 인간은 절대로 남 앞에 큰 감을 놓지 않는다는 것이 어머니의 삶을 보면서 내내 가슴속에 깃든 나의 생각이었다. 그랬기에 동생이 이승에 머무르는 내내 어머니와 나는 신경전을 벌이며 살아왔다.

어머니는 그 애까지 돌봐 주지 않는 나를 야속해하셨고, 나는 나대로 자신이 할 일을 왜 나에게 미루나 하는 어머니에 대한 원망이 앞섰다. 당신이 가신 다음에도 사는 날까지 나에게 주어질 부담을 생각지 않는 어머니가 야속했다. 어머니의 애틋한 마음을 알면서도 미움에 가려 그 애의 진심은 알아볼 엄두조차 내지 못했던 자신이 한탄스럽고 원망스럽다. 이럴 줄 알았으면 좀 잘해 줄걸. 부질없는 후회만 남는다.

걱정의 95퍼센트는 일어나지 않는다며 걱정을 가불해서 할 필요는 없다던 딸아이의 충고만 새겨들었더라도 나중에 오는 후회를 막았으련만 그러지 못했다. 왜냐하면 나 역시 어리석었으므로. 제 삼촌의 죽음 앞에서 죽음 자체가 슬펐던 것보다 더 슬펐던 일은 한 사람의 죽음을 초연히 받아들였던 가족의 태도였다고 딸이 전해 주었다. 세 조카들과 생전에 일면식도 없었던 조카사위의 어깨에 실려 운구된 것을 두고 그래도 너는 행복하게 마지막 길을 간 줄 알라고 고인에게 말했다고 여동생이 전해 주었다. 보통 사람의 삶은 태어날 때 한 사람만 울고 모든 사람이 웃고, 죽을 때는 죽는 사람은 가만히 있는데 남아 있는 사람들이 슬퍼하는 것이 보편적 삶의 모습이지 않은가. 그런데 우리 가족은 참담한 슬픔을 각자 속으로 삭였을 것이다.

그 애의 죽음은 남아 있는 가족에게 혼자서는 살 수 없다는 사실을 증명해 주었다. 단독주택 한 채를 독차지하고 산들 섬 속에 갇혀 산 삶이 무슨 의미가 있을까. 탐하고 화내고 어리석지만 않았더라면 얼마든지 형제들과 어울리며 평화롭게 살 수도 있었는데 그 애는 좁은 길을 택해 갔다.

동생이 처음부터 그랬던 건 아니었다. 우리 가족과 함께 살 때 제 조카들을 끔찍이도 사랑했던 선량한 아이였는데, 저 혼자 둥지를 틀고 속수무책으로 비정해지기 시작했다. 어찌해야 하나. 사람은 저마다 감당해야 할 몫이 있다고 하니, 자신 외에는 아무도 대신해 줄 수 없는 것이 삶이 아닌가. 아무리 욕심이 과해도 떠날 때는 모든 것을 두고 떠나가는 것이 인생이거늘 무엇을 탐할까. 모든 것 내려놓고 비우고 살아갈 일이라고 뼈저리게 느꼈다. 누옥이라 해도 온 식구가 오순도순 몸 비비며 사는 게 최고의 가치이리라.

사람은 죽을 때는 마음이 변한다더니 언젠가 한번 어머니 문제로 동생에게 전화를 걸어 푸념을 했다. "도저히 어머니 때문에 살 수가 없다."고 했더니 "누나, 까칠한 노인 모시고 사는 일 힘든 거 알아. 내가 알아주면 되잖아?"라고 살갑게 위로해 주던 말이 귓가에 맴돈다.

지난겨울 김장을 해 가지고 전해 주러 갔다. 평소와 달리 동생이 차 있는 곳까지 따라 나와 처음이자 마지막으로 아기들을 보자 예뻐서 어쩔 줄을 몰라 했다. 양손에 하나씩 손을 잡고 가게에 가서 먹을 것을 사 주면서 우리 손주들이라고 큰 소리로 자랑을 했다. 큰손주 기윤이가 "할아버지, 저희 엄마 것도 하나 골라도 돼요?"라고 물으니 그 자식 참 기특하다고 머리를 쓰다듬어 준 좋은 할아버지로 손자의 기억에도 남아 있다. 그런데 그렇게 좋은 할아버지가 왜 돌아가셨느냐고 제 엄마에게 묻더란다.

이제는 푸념할 대상도 없으니 삶이 무상하다. 다만 좋은 기억을 남기고 떠난 동생이 대견하다. 살아서 대접하지 못한 따뜻한 밥 한 그릇을 올리며 명복을 빈다. 어머니의 간절한 기도 소리가 들린다. 이승해서 못다 한 삶, 그곳에서는 행복한 가정 이루어 살라고. 그리고 머지않아 웃는 낯으로 만나자고.

(2014. 3. 18)

말의 힘

우리 직장에서 사내 결혼을 한 동료가 있었다. 그런데 그들이 교제하는 사실을 아무도 눈치 채지 못했다. 두 사람이 결혼을 알리는 청첩장을 받고 나서야 사무실에 난리가 났다. 어쩜 그럴 수 있느냐고 서운해 하는 사람들도 있었다. 말수가 적은 그 신랑과 신부의 지혜로움이 오래 기억에 남는다.

나도 두 사람이 워낙 속이 깊어서 그럴 수도 있겠다고 생각은 했지만 그럴 필요까지 있을까 싶었다. 피 끓는 젊은이들인데 그들의 신중함이 오래도록 기억 속에 머문다.

말이란 살얼음판을 걷듯 조심하고 경계해도 다른 사람들의 입방아에 오르내리기가 십상이다. 그러지 않으려고 노력하고 단속해도 말은 바퀴가 달렸는지 자신도 모르는 사이에 먼 곳까지 날아가는 것을 보아 온 터라 조심할 수밖에 없는 그들의 신중함이 미더웠다.

일에 말이 많으면 마(魔)가 낀다고 가르쳐 준 우리 선조들의 지혜가 돋보인다. 좋은 일일수록 말을 조심하고 경계를 해야 하지 않을까. 해야 할 말을 하지 않는 건 비겁함이요, 하지 말아야 할 때 말하는 것은 경박함이 아닐까.

한 여직원은 사표를 낸다는 말을 밥 먹듯 입에 달고 살면서도 오래도록 사표를 내지 않아 빈축을 샀다. 그 사람은 기회가 있을 때마다 사표를 낼 거라고 말만 앞세웠다. 기다리다 지쳐서 정작 그가 사표를 낼 때에는 아무도 그의 말을 곧이듣지 않았다. 결국 양치기 소년이 되어 씁쓸하게 퇴직하던 그의 뒷모습이 생각난다.

말은 아낄수록 빛이 나는 것이 아닐까. 말[言]이 행동에 앞서 가지 않아야 올바른 처신인데 사람들은 말을 앞세워 자신의 가치를 떨어뜨리기도 한다.

'하고 싶은 말을 다하지 못하면 아쉬움이 남지만, 하고 싶은 말을 다하고 나면 잠시 시원할지는 몰라도 후회만 남는다'는 말이 죽비가 되어 울림을 준다. 잘못 내뱉은 말 한마디 때문에 곤욕을 치르는 사람들이 얼마나 많은가.

효의 도량 용덕사에서

　용인에 있는 성륜산 용덕사로 백팔산사 순례 기도법회를 떠나는 날이다. 칼바람이 온몸을 파고드는 새벽, 간밤에 내린 눈길에 넘어질세라 더듬거리며 집을 나섰다.

　우리 법회는 해를 거듭할수록 도반들끼리 단합이 잘되어서 정해진 시간에 떠날 수 있게 되었다. 모두에게 감사 합장을 드린다.

　버스를 타고 가는데도 어둠은 계속되었다. 나는 무명 속에서 지혜를 찾아 떠나는 경건한 순례자의 마음 자세로 혼자가 된다. 회주인 선묵 혜자 스님의 인사 말씀이 끝나고 오랜만에 만난 도반들이 밀린 얘기를 하느라 떠드는 틈새에서도 나는 '신묘장구대다라니' 사경을 마쳤다. 잠깐 눈을 붙였는데 어느새 목적지다. 차에서 내리니 우뚝 솟은 산 중턱에 숨어 있는 듯한, 단아한 아낙네 같은 절의 모습이 눈에 들어왔다.

용덕사는 신라 문성왕 때 영거 선사에 의해 세워졌고 신라 말 도선 국사에 의해 중창됐다고 한다. 이후 뜻있는 스님들에 의해 줄기차게 중창을 거듭한 끝에 오늘에 이르렀고, 아직도 공사가 계속되고 있다. 좁은 땅에 가파르게 층층으로 앉은 가람은 자그마하지만 부처님의 영험이 크다고 한다.

처녀의 효심에 감동을 받은 용이 천 년 동안 굴에 살면서 만든 여의주를 아낌없이 처녀에게 내주어 용의 덕으로 아버지의 병을 고쳤다 해서 용덕사라는 이름이 지어졌다고 한다.

어머니를 모시며 효를 다하지 못하고 있는 나는 참회하는 마음으로 대웅전에 삼배만 올리고 부리나케 가방을 멘 채 용의 굴로 올라갔다. 켜켜이 쌓였던 노모님에 대한 불효의 죄가 한꺼번에 소멸이라도 되는 것처럼. 가파른 길목에 군데군데 서서 손을 잡아주며 길을 인도해 주는 병사들이 있어 든든하고 안심이 되었다. 그들이 자기 부모에게 당부하듯 조심하라고 따뜻한 한마디씩을 건네는 말도 아주 정겨웠다.

용의 굴 안은 용의 서기가 어린 듯 깊고 그윽했으며, 관세음보살의 온화한 미소로 언 몸과 마음을 녹여 주었다. 산신각에 가서는 올여름에 태어난 세쌍둥이 손자들이 별 탈 없이 무럭무럭 자라게 해 달라고 간절한 마음으로 빌고 또 빌었다

산신각 등 몇 군데 전각을 돌고 와 보니 앉을 자리가 마땅치

않았다. 대웅전 옆 응달진 벼랑 끝에 손바닥만 한 자리를 만들어 혼자 앉았다. 조심하지 않으면 한순간에 낭떠러지로 떨어질 것 같아 가슴이 조마조마했다. 참회하는 마음으로 아무리 추운 곳이라도 앉은 자리가 극락이려니 스스로 다짐하면서 예불을 드렸다. 천수경 독경에 이어 5분 명상 시간엔 참회와 감사의 눈물이 하염없이 흘러나왔다.

구순인 어머니가 잘하라고 이르시는 말씀이 간섭이라고 말대꾸한 죄, 부엌일 등 일상의 소소한 일들을 어린아이에게 시키듯 하시는 걸 성심을 다하지 못하고, 어머니께서 도움이 필요하실 때 귀찮아하며 제대로 시중을 들어 드리지 못한 죄, 내 살기 어렵다고 용돈을 풍족하게 드리지 못한 죄송스러움과, 기르기 힘들다고 세쌍둥이를 낳지 않았으면 좋겠다고 며느리의 가슴을 아프게 한 죄, 나만 생각해 주지 않는다고 남편에게 투정부리고 섭섭해했던 죄, 다른 사람의 마음을 살피지 못하고 말해서 혹 누군가의 가슴을 아프게 했을지도 모르는 죄 등 헤아릴 수 없는 죄업을 참회했다. 나중에는 손끝과 발끝이 너무 시려서 참회인지 무언지 분간하지 못할 만큼 눈물이 뒤범벅되었다. 부처님은 설산에서 수도하셨다는데 이까짓 추위쯤이야 견디지 못할까 했지만 역시 중생이라 추위를 견딜 수가 없었다.

그곳에서 도저히 공양까지는 할 수 없어서 건너편 양지바른 곳에 법우들이 옹기종기 모여 있는 걸 보고 나도 모르게 달려갔다. 그곳에는 뜨끈뜨끈한 배춧국이 얼어붙은 나를 기다리고 있었다. 처음 보는 도반들이 자리를 내주었다. 함께 둘러앉아 서로 밥을 나누고 뜨끈한 라면도 나누어 먹으며 서로에 대한 감사함으로 넘치는 환희심을 맛보았다. 이구동성으로 백팔산사 조끼만 보아도 반갑다고들 하면서 기도정진을 했다.

선묵 혜자 스님은 하늘처럼 높고 어려운 분인 줄만 알았는데 백팔산사 순례길에서, 또 교리 공부를 하면서 가까이에서 뵈어 온 스님의 소박하고 인간적인 면모를 느끼게 되었다. 결코 말씀이 화려하지 않으면서도 오직 행함으로써 깊은 가르침을 주시는 스님의 덕행은, 허세가 판치는 세상에 본받아야 할 울림 있는 가르침이라는 생각에 내 삶의 거울로 삼고 싶다.

(2010. 12. 30)

남편과 아내

오랜 세월 큰 병을 앓고 있는 남편의 간병을 하면서 애면글면하던 지인이 있었다. 남편만 자신 곁에서 떠나 준다면 어디든 훨훨 날아다닐 것 같다며 힘들어 했다. 그런 그녀의 남편이 세상을 떠났다.

그녀를 다시 만난 건 내가 다니는 노래 교실에서였다. 그런데 웬일인지 세상에서 가장 불행한 얼굴이었다. 그녀는 자신이 좋아하는 노래를 부르는데도 전연 즐겁지 않다고 했다.

그녀는 새벽 산책길에서도 남편 보살피기 힘들다며 푸념하기 바빴었다. 남편을 떠나보내고 반년도 못되어 세상 모든 걸 다 잃은 듯 여름날 장맛비에 풀죽은 이불호청처럼 후줄근한 모습이었다.

참으로 알다가도 모를 일이 사람의 마음이다. 한 치 앞도 모르는 것이 인생인 듯하다. 오랜 기간 병을 앓는 남편을 간병하는 일이 너무나 힘들다고 불평만 하였는데 남편이 떠나고 나니 오히려 삶의 버팀목이었음을 뒤늦게 깨달았단다. 그녀는 노래 교실의 여인들에게 남편과 함께하는 순간은 무엇보다 귀한 시간이니 함께할 무언가를 찾아 나서라고 조언을 해줬다.

아무리 현실이 고달프더라도 지나고 보면 그래도 그때가 좋았다고 그리워할 때가 있고, 지금 죽을 것 같은 환경도 훗날 나를 지탱해 준 버팀목이었다는 것이다.

노래 교실 수업이 끝나고 빈집에 들어갈 일이 아득하다는 말에 그녀의 집에 동행했다. 남편을 떠나보낸 충격에서 아직도 벗어나지 못하고 우울해하는 그녀가 안타깝기만 하다.

집으로 돌아오면서 구순이 넘은 친정어머니를 떠올렸다. 이제 이생의 삶이 얼마 남지 않았을 어머니에게 좀 더 잘해 드려 후회를 남기지 말아야지 다짐을 하였다. 어머니는 터무니없는 말로 억지를 부리시곤 해서 인내의 한계를 느끼던 요즈음이었다.

부모가 생존해 계시다는 것이 복중의 복이라는데 그분과 부딪치며 사는 세월을 왜 복으로 생각하지 못한 걸까.

남편을 떠나보내고 홀로 남아 우울한 삶을 살고 있는 그녀가 하루속히 남편의 환영에서 벗어나 새 삶을 살기를 바란다.

손자들과 놀아주기

—2011년 12월 16일 금요일 맑음

아침에 KBS의 인간극장 5부작 〈할머니는 나의 엄마〉 완결편을 보았다.

이 프로를 보는 일주일 내내 눈가에 눈물이 마를 사이가 없었다. 할머니의 지극한 사랑에 보답이라도 하듯 아이들이 예쁘고 착하게 자라는 모습이 감동스러웠다. 순천 낙안읍성 근처 한 산골마을의 55세의 할머니가 가출한 며느리와 돈 벌러 간 아들이 남긴 큰손자와 세쌍둥이 손녀 등 넷을 돌보는 내용이다.

8세 손자가 연년생 중에서 걸음이 불편한 막내 여동생을 사랑하고 돌보는 착한 마음과, 할머니를 사랑하는 아이들의 효심이 시청하는 내내 눈물을 훔쳐내게 한 것이다.

낮에는 꽃 배달, 저녁에는 대리 운전 등 하루에 세 가지 일을 하는 4남매의 아빠는 어쩌다 한 번씩 집에 들른다. 어머니와 자식들을 위하여 열심히 살아야겠다는 그의 헌신과 노력을 보면서 가족은 힘든 상황에서도 살아가는 힘이 된다는 것을 느꼈다.

큰손자에 이어 아들 세쌍둥이를 둔 나의 큰아들 네 생각에 이 프로가 더욱 마음에 와 닿았는지도 모른다.

오늘 아침, 남편이 회식이 있다면서 출근을 했다. 옳지, 반가운 마음에 며느리에게 "오늘은 아버지가 회식이 있어서 나가셨으니 아기들과 놀아 주러 일찍 가겠다."고 문자를 보냈는데 오전 내내 답이 없어서 시무룩해졌다. 보통의 며느리들이 시집 식구를 싫어한다고들 종종 들어온 터라 우리 며느리는 절대 그럴 리 없다고 생각은 하면서도 며느리의 마음을 헤아릴 수 없으니 의기소침해진다.

나에게 오라는 건지, 오지 말라는 건지 며느리 마음을 알 수 없으니 여러 생각들이 순간에 뒤엉컸다. 수영장에서 아들네와 원만하게 사는 형님께 물으니 그래도 가서 도와주라며 유쾌하게 결론을 내려 주었다. 며느리의 마음은 어떻든 나는 손자들을 보러 가겠다고 마음을 먹으니 마음이 한결 가벼워졌다.

수영을 끝내고 3시 반쯤 손전화를 확인해 보니 며느리에게서 온 전화가 두 번 부재중으로 찍혀 있다. 내가 다시 전화를 걸면서 내 심경을 이야기했더니 제 잘못이라며 바빠서 미처 답할 시간이 없었다면서 추운데 단단히 무장하고 오라고 한다. 아침에 네 아이들을 유치원으로, 어린이집으로 보내고 저도 출근하기가 얼마나 바빴을까.

갑자기 세상이 환해지면서 신이 났다. 세찬 바람이 나의 등을 떠밀어 주니 단걸음에 아들네에 도착했다. 할머니 오셨다는 소리와 함께 막냇손자 기웅이가 달려나왔다. 그동안 아파서 홀쭉해진 기헌이는 제 엄마 품에서 떨어질까 봐 품속을 파고들고, 맞추기 장난감을 가지고 놀던 기환이가 한참 후에야 씨익 웃으며 내 옆으로 왔다.

무슨 놀이를 할까 하고 잠시 생각하다가 어렸을 적에 이불 뒤집어쓰기를 하면서 놀던 생각이 났다. 기웅이와 이불 뒤집어쓰기 놀이를 하는데 나머지 세 손자들도 하나 둘 이불 속으로 들어왔다. 아기들과 뒤엉켜 아기들 몸을 만지면서 노니 얼마나 재미있던지 나도 어린이가 된 기분이었다. 아기들도 있는 대로 소리를 지르며 재미있어 해서 완전히 집 안은 아기들 웃음소리로 축제 분위기가 되었다. 세월이 가도 아이들 마음은 그 마음대로 통한다는 생각이 들었다.

함께 가는 길

교통사고를 당해 입원한 친구의 병문안을 갔다.

그 친구네는 식당 운영을 하면서 1남 3녀를 키워 냈다. 자식들 다 키우고 식당 운영이 힘에 부쳐 그만두려던 참이었다. 새벽일을 나가다 음주운전 한 가해자가 중앙선을 침범해서 부부가 함께 당한 사고였다.

친구는 4개월이 넘는 긴 병원 생활 끝에 간신히 걸을 수 있는 정도로 회복하였다. 결혼하여 분가한 아들 부부가 교통사고를 당하기 직전에 부모 품으로 들어와서 그 아들이 간병을 해주었다고 한다. 부부가 함께 병원에 누워 있으니 자식이 없었으면 그 일을 누가 했겠는가. 불행 중 다행한 일이다.

밤잠을 설치며 부모의 대소변까지 받아 낸 그의 아들 부부가 대견했다. 세상사는 언제나 좋은 일만 있는 것도, 또 나쁜 일만 있는 것도 아닌 모양이다.

고된 식당일을 하면서 자식들을 키워 모두 성가시키고 남편과 둘이 오붓하게 살려고 했다 한다.

친구는 아들네가 집으로 들어왔을 때 처음에는 태산을 떠안은 느낌이었단다. 그녀의 남편은 늙도록 운전대를 잡고 살얼음판을 걷듯 힘들게 살아오다가 늙어서라도 숨 좀 돌리고 살겠다 싶었는데, 어느 날 갑자기 자식 하나가 셋이 되어 들어왔으니, 며느리 앞에서 덥다고 옷을 맘대로 벗을 수 있나, 그렇다고 맘 편하게 쉴 수도 없으니 친구 남편 역시 힘들 수밖에 없었을 것이다.

아들 입장도 이해는 간다. 홀몸인 때도 부모 간섭 안 받고 자유롭게 살고 싶어서 따로 살던 아들이, 아내와 아들까지 달고서 부모님과 같이 살겠다고 결심하기까지는 그의 고민도 컸을 것이다. 아들은 제 일을 접고 부모가 그만두려던 식당일을 같이 하자고 했단다. 그동안 외아들이라고 뒷바라지 해 온 게 물거품이 된 것도 그렇고, 친구로서는 난감하기 짝이 없었다고 했다.

갑자기 들이닥친 고난이었지만 부모와 자식이 함께 어려움을 헤쳐 가는 모습이 그리 불행해 보이지 않고 희망이 보인다.

병실에서 친구와 얘기를 하다가 문득 조상 대대로 내려온 옛 어른들의 이어져 온 삶이 생각났다. 우리에게는 사촌까지도 한 부모 밑에서 애환을 함께 나누며 살던 자랑스런 미풍양속이 이어져 왔었다. 뿐만 아니라 한동네에 사는 이웃들마저 서로 돕는 두레 문화라는 것이 있지 아니한가. 그러기에 서양 사람들까지 이좋은 전통을 부러워하는지도 모른다.

우리가 언제부터 잘살게 되었다고 부모는 자식을 배척하고, 자식 또한 늙고 힘없는 부모를 나 몰라라 하는 세상이 되었는지. 부모가 온갖 시중 다 들어 가며 자식을 키워 내듯이, 자식 또한 부모님이 돌아가실 때까지 제가 받았던 것처럼 지극정성으로 돌봐 드려야 자식의 도리로 효를 실행하는 길이 아닐까.

물론 처음 한동안은 서로 불편하고 힘들겠지만, 예습하듯 좀 일찍부터 적응하는 게 낫지 않을까. 부모라고 언제까지나 건강하다는 보장이 없는 이상, 힘든 자식을 부축해 주면 늙어서도 별 무리 없이 자식의 도움을 받을 수 있는 건 순리가 아니겠는가.

나는 친구에게 찬찬히 생각해 보라고 말했다. 아무리 잘난 사람이라도 독불장군은 없는 거라고, 그러니 어쩌면 아들의 판단이 현명했는지 모른다고 말해 주었다.

이번에 친구네만 해도 교통사고가 났을 때 아들네가 한집으로 들어와서 아들이 간호해 주고, 며느리는 시아버지를 돌봐 주었기에 몇 달 동안이나 남편 걱정 안 하고 병원 생활을 할 수 있었던 것이 아니었을까. 만일 아들네가 아니었으면 따로 사는 딸네들까지 힘을 보태느라 모두 힘들었을 것이다. 어떻게 세상이 나 편하고 좋은 대로만 이어지겠는가. 부모 자식 간에도 서로에게 필요할 때 도움을 주고받는 것이 더불어 사는 삶의 길이 아닐까 싶다.

남편과 여행지에서

나는 혼자이다

둔필승총(鈍筆勝總)

    억수같이 쏟아지는 빗속을 뚫고 한문 교실에 갔다. 이토록 퍼붓는 빗속을 개의치 않고 아침부터 공부를 하겠다고 오는 사람이 과연 몇이나 될까, 하는 호기심으로 빗물에 흠뻑 젖은 바지를 걷어 올리며 강의실에 들어섰다. 이미 열혈 학우들이 와 있었다. 유방암 수술로 종교 활동까지 줄이면서도 한문 공부는 놓지 않겠다는 손 여사, 귀한 손자에게 회초리 들기를 주저하지 않을 것 같은 엄한 기가 풍기는 띠동갑 이 선생, 조신하고 바른 생활로 며느리의 도리를 가르치고 출가한 딸에게도 친정어머니로서 시가에 대한 예를 엄격하게 가르치는 김 여사 등 나름대로 바르고 열심히 살려고 노력하는 학우들이다.

    한참 공부를 하고 있는데 다섯 살짜리 외손녀를 데리고 밖에서 머뭇거리던 문 여사가 문을 열고 들어섰다. 우리들은 반갑게 그들을 맞이했다. 그녀는 농촌의 가난한 집안 출신으로 배우려는 의지가 대단한 사람이다. 전부터 두어 가지 과목을 함께 배우며 성실하게 배움에 임하는 것을 익히 알고 있었다. 그래도 비가 억수같이 퍼붓는 날 손녀까지 데리고 올 줄은 몰랐다.

여성들 중에 한 가지 일을 하다가 전념하지 못하고 다른 일이 있거나 다른 공부를 위하여 쉽게 포기하는 이들을 많이 보아 왔다. 그런데도 우리는 한문 공부를 시작한 지 십여 년이 되어 가지만 한결같이 이 시간을 함께하고 있다. 좋은 선생님 밑에서 공부할 수 있는 우리와 나이 많은 제자들을 가르치면서 함께 공부하는 시간이 행복하다는 선생님 사이엔 서로에 대한 깊은 믿음이 마음속에 흐르고 있다. 선생님은 우리에게 꼭 공부를 열심히 하지 않아도 빠지지 않고 다니면 가랑비에 옷 젖듯이 얻는 보람이 있을 거라는 말씀도 잊지 않으신다.

방송대 시절, 한 가지 일에 10년만 전념한다면 그 사람은 그 분야에 전문가가 되어 있다고 가르쳐 주셨던 선생님 생각이 난다. 나는 좀처럼 배움이 깊어지지 않으면서도 진리는 하나라는 가르침에 매료되어 한문 공부를 하고 있다. 배워도 남는 것이 없고 돌아서면 모두 잊어버려도 마음은 기쁨으로 가득 차니 마음을 정화하고 치유하기에 좋은 학문인 것 같다. 모든 면에 생각이 느리고 우둔한 나로서 확인할 수는 없지만 어렴풋이 공감이 간다. 끊임없이 공부하는 길만이 극기할 수 있는 유일한 길이고 결국 경쟁자는 남이 아닌 자신과의 싸움이지 않을까 싶다. 학우들 또한 나와 같은 생각으로 배움을 계속하는 것인지 모른다.

한 가지 일을 3개월만 계속하면 습관이 되고, '습관은 제2의 천성'이라는 말도 있다.

습관은 좋은 것이든 나쁜 것이든 해 오던 대로 계속하면 습관이 되고, 삶 자체가 습관의 연속이다. 스스로 만든 습관(習慣)의 결과에 따라 인생의 성패가 좌우되는 것이 보편적 진리이고, 나쁜 습관이 몸에 젖기가 쉽기에, 사람들은 습이 나쁜 쪽으로 흐르지 못하도록 자신을 채찍질하고 다잡게 되는 것이리라. 특히 배움에 관한 한 스스로 경계하면서 살려고 하는 것이 생각이 깊은 사람들의 사고가 아닐까. 자기를 이길 수 있는 사람은 몸이 하자는 대로 하지 않고 스스로 마음을 다잡으면서 좋은 습관을 쌓아 가는 사람이 아닐까.

예로부터 중국에서는 옥(玉)을 최고의 보석으로 여겼다. 옥은 화려하지 않으면서도 은은하고 깊은 멋이 있으며, 좋은 옥을 지니면 건강도 좋아진다고 한다. 그런데 옥도 원석일 때는 몰랐다가 쪼아서 다듬어야 좋은 옥인지 아닌지를 가려낼 수 있듯이, 사람 또한 어려운 일을 당해 보지 않고서는 진정한 가치를 알아낼 수 없다.

'둔필승총(鈍筆勝聰)'은 '둔한 필적이 총명을 이긴다.'는 말이다. 아무리 총명한 사람이라도 기록해 놓지 않으면 들은 것을 금방 잊어버린다는 뜻이라고 한다. 그만큼 기록의 중요성에 대한 말이기도 하지만 나는 거기에 그치지 않고 노력하지 않는 천재보다 끊임없이 노력하는 둔재가 이긴다는 뜻이 함축돼 있다고 생각한다. 그러한 신념이 편견이라 해도 나는 내 신념대로 배움에 최선을 다하는 사람이다.

　사람은 행복하기 위해 산다고 한다. 수필쓰기 또한 내 자신이 행복해지려고 쓰는 것이리라. 내가 하는 일에 남도 행복하고 나도 행복하면 그 이상 좋은 일이 또 있을까. 쓰고 읽는 시간이 가장 행복하다는 한 문필가의 말을 빌지 않더라도 나도 무언가를 쓰고 읽는 시간이 가장 안온하고 행복하다.

재봉틀

　잊고 살았던 재봉틀을 꺼냈다. 퇴직하고 나서 한때는 현모양처의 꿈을 달고 열심히 달리던 재봉틀이다. 방석과 커튼 등을 만들면서 얼마나 신나고 재미나던지. 시간 가는 줄 모르고 재봉틀에 붙어 산 적이 있었으나 하고 싶은 일이 많은 나에게 재봉틀은 얼마 가지 못해서 다른 일에 밀려 뒷방 신세가 되었다.

　그런데 나이가 들고 보니 재봉틀 사랑이 도졌다. 할 일을 잃고 오랫동안 방 한쪽 구석에 처박혀 숨죽이고 있던 재봉틀이라 그 몸에 쌓인 먼지를 닦아 냈다. 작동을 해 보니 도무지 바늘이 나가지 않았다. 아무리 북실을 빼서 다시 끼워 보고 기름칠을 해 봐도 응답이 없다. 바늘이 잘못 끼워졌나 싶어서 이리저리 살펴봐도 알 길이 없었다. 오랫동안 재봉을 업으로 삼던 동네 친구에게 부탁을 해도 되지 않을 때는 낙담도 되었다. 결국 애프터서비스를 받고 나서야 작동이 되었다. 앞으로 만들어야 할 많은 것들을 생각하면서 무언가 할 수 있다는 것이 보람으로 느껴졌다.

순간 얼마나 반갑고 기쁘던지. 이제 집에 가만히 앉아서도 많은 일들을 할 수 있을 것 같다. 젊은 한때, 시간 가는 줄 모르고 재봉틀을 돌렸는데 또다시 그 일을 할 수 있게 되다니. 사람도 나이가 들면 연어처럼 회귀본능이 있는 것인가. 옛날에 했던 일들을 하면서 잊었던 기쁨을 다시 찾게 되는 것을 보니 아무리 어려웠던 일들도 세월이 가고 나면 그리워지는 법인가 보다.

며칠 전, 지하철역 쉼터에서 한 무리의 노년의 여성들이 모여서 뜨개질하는 모습을 보면서 신선한 충격을 받았다. 정말 오래도록 잊고 지냈던 바람직한 모습이었다. 손끝이 야무진 선생에게 물어보면서 조용히 손만 부지런히 움직이는 것을 보면서 여가 선용하는 가장 바람직한 모습 중 하나를 발견하니 참 뿌듯하고 보는 마음이 기뻤다. 여럿이 모여서도 입은 닫고 부지런히 손만 놀리는 뜨개질하는 모습을 보니 보는 마음도 행복했다.

그동안에 익숙한 지하철역 쉼터의 낯익은 풍경으로 누군가를 기다리면서 할 일이 없어 우두커니 앉아서 오는 사람 가는 사람 쳐다보면서 멍하게 앉아 있거나 이야기를 나누느라 도떼기시장 같던 모습만 보아 왔다. 그러다가 생산적인 일을 하는 것을 보니 지난날 부지런했던 아낙네들 모습이 떠오르면서 무언가를 할 수 있다는 것이 얼마나 반갑던지. 나도 집에 있는 실뭉치와 바늘을 들고 그들의 대열에 끼고 싶었다.

그것도 일종의 재능기부가 아닐까. 의욕을 잃은 동년배의 사람들에게 자기가 아는 것을 가르쳐 주면서 함께할 수 있다는 것은 대단한 복이 아닐 수 없다. 세상에 할 일이 없는 것처럼 힘든 경우도 없다.

노후에 치매에 걸리는 것도 할 일을 잃고 망상만 가득한 데서 생기는 거라고 생각한다. 무언가 애정을 갖고 할 일이 있는 사람들은 치매에 걸릴 틈도 없을 것 같다. 잃어버린 날에 대한 상심만으로 치매에 걸리는 일이 많을 것 같다.

올해로 칠십 줄에 들어선 나. 할 일이 많은 나는 치매를 최대한 늦추며 살지 않을까 싶다.

부실한 다리로 걷는 일이 시원찮은 때에 특별히 찾아온 재봉틀과 뜨개질의 반가운 손님. 그들을 친구 삼으면 잃어버렸던 젊음이 다시 찾아올 것 같다.

젊게 사는 방법도 가지가지인 것을.

(2016. 1. 31)

부부 리모델링

얼마 전에 딸의 권유로 심리학자 융의 심리 테스트를 받았다.

우리 부부가 남들 눈엔 별문제없이 오순도순 사는 것 같아도 가끔 자식들 앞에서 티격태격하는 모습이 안 좋게 보였나 보다. 딸이 호주로 유학을 떠나기에 앞서, 앞으로 살 날이 많은 엄마가 언제까지나 그렇게 살겠느냐고 상담실에 신청을 해주었던 것이다.

우리 부부는 연애 기간 없이 동네에서 중매로 만나 곧장 결혼을 했기에 나는 남성에 대해서 아는 게 아무것도 없었다. 더군다나 완고한 홀어머니 밑에서 자란 탓도 있지만, 남편의 사랑을 받아 보지 못하고 강인하게 살아온 어머니는 나에게 이해 상관 없는 남자와 차 한 잔이라도 마시면 큰일 날 것처럼 교육을 시켰다. 생전의 아버지가 술만 좋아하시고 살림에 전연 신경을 쓰지 않아

어머니는 강해질 대로 강해져서 남자나 다름없었다. 어머니의 이상적인 남성상은 성실하고 가정을 책임질 능력이 있는 남자였다. 그런 어머니의 권유가 내가 그이를 지아비로 택하는 데 결정적인 역할을 했다. 우리 부부는 결혼 기간의 대부분을 맞벌이를 했기 때문에 아이들을 키우는 내내 별 불평 없이 생활할 수 있었다.

그런데 서로가 직장을 나와서 생활하는 동안 내가 그동안 아무것도 모르고 얼마나 희생을 해 왔는지를 알게 되었다. 취미 생활로 무언가를 배울 때 그이는 혼자만 다녔고, 밥 먹고 잠자는 시간 빼고는 온전히 자신만을 위해 사는 걸 보면서 나는 얼마나 많이 절망을 했는지 모른다. 다른 사람 앞에서는 나의 기를 눌러야 직성이 풀리고 내 앞에서 버젓이 다른 여자와 춤을 추는 등 자존심이 상해서 도무지 그대로는 살 수가 없었다. 결혼 생활 삼십 년 동안 나는 하루에 네 시간씩 출퇴근을 하면서 바쁘게 사느라 남편을 전연 알지 못했다.

슬픔에 싸여 허우적거리다 정신을 차리고 보니 이미 나는 상처를 입을 대로 입어 정신이 만신창이가 된 채 오십의 중반을 보내고 있었다.

우리 부부를 아는 선배는 나의 남편이 내 머리 꼭대기에 올라앉아서 나의 머리꼭지를 빙빙 돌리고 있다고 표현을 했다. 그이는 모든 면에 컴퓨터처럼 주도면밀해서 실패하는 일이 별로 없고 말없이 자기 것을 챙기는 데 반해 나는 종부와 맏딸이라는 의무감에 갇혀 아무것도 모르는 숙맥인 채 내가 가장 행복한 줄 착각하고 산 바보였다. 어째서 남편은 내 마음과 같다고 생각했을까. 부부란 서로 아픔도 괴로움도 나눠야 하는 줄 알았다. 기대가 크면 실망도 크다고 했던가. 상담 선생님 앞에 나란히 앉아 나는 줄곧 울먹이고, 상담 선생님은 남편에게 부인이 이토록 억울해하면 인정도 할 줄 알라고 말했다. 남편은 그제서야 정말 그런가 하고 고개를 갸웃거렸다. 어떤 관계든지 한쪽이 일방적으로 억울해하면 안 된다는 것이 상담선생님의 판단이었다. 결국 남편은 더는 상담실에 가지 않았다.

나는 혼자이다

봄날 토요일 오후, 텅 빈 집에 혼자 남았다.

마음이 공허하다. 아무 일도 손에 잡히지 않고 마음만 산란하다. 그리운 얼굴들이 순서도 없이 스쳐 지나간다. 먼저 떠오른 딸에게 전화를 걸까 하다가 그만둔다. 시차가 다르니 한참 단잠에 취해 있을 것 같아 이내 마음을 접는다. 이 세상에서 엄마가 제일 좋다는 딸이지만, 아무리 가까운 피붙이라 해도 때 없이 찾아갈 수 없다는 현실이 우울하다. 만나고 싶을 때 구애받지 않고 만날 수 있는 사람은 이 세상 어디에도 없다.

문득 한 사람이 생각났다.

"언니, 이상하게도 힘들고 슬플 때만 언니 생각이 나요. 저 참 나쁜 사람이죠?"라던 후배인데, 어려서 아버지를 잃고 어머니마저 재혼을 하자 할머니 손에 자란 여인이다. 어린 나이에 큰 상처를 두 번씩이나 받은 그녀, 육순이 가까운 지금까지도 자기를 낳아 준 어머니를 용서할 수 없다는 여인이다. 버림받았다는 그 상처가 얼마나 컸으면 그토록 마음이 굳어졌을까 싶어 그녀의 마음이 된 나는 마른 웃음을 허공에 날린다. 왠지 그녀 마음을 알 것 같다. 그렇더라도 생각에 그칠 뿐 그녀에게도 전화 걸기가 쉽지 않다. 나에게도 누군가가 절실할 때 망설이지 않고 나의 부름에 응할 사람이 있으면 좋겠다.

그 다음으로 생각나는 사람은 친정어머니다. 그런데 어머니는 분명 내 전화를 받자마자 다짜고짜 당신 이야기만 할 것이니 또 마음을 접었다. '늙으면 피붙이가 그리운 게 사람의 마음인데' 하고 안쓰러움에 잠시 어머니에게 마음이 머문다. 가까운 사이가 모녀 사이지만 지금의 나는 누구의 푸념을 듣기보다는 누군가에게 위로를 받고 싶은 것이다.

또 두어 친구를 떠올린다. 환히 웃으며 지나가는 며느리의 얼굴이 떠올라 수화기를 들었다가 역시 놓는다. 한참 입덧을 하느라 가뜩이나 힘들 텐데 위로한다고 하는 말이 오히려 그 애의 심기만 불편하게 할 수도 있을 것 같아서다.

아이들 어렸을 때의 사진첩을 보다가 결혼하여 따로 사는 큰아들 생각이 간절해서 전화를 걸었다. 아들은 전화를 받는가 싶더니 내 목소리만 확인하고는 바쁘다면서 서둘러 전화를 끊었다. 잠시 후 며느리에게서 "무슨 일이 있느냐?"고 전화가 걸려 왔다. 아마도 놀란 아들이, 제 아내에게 문자로 귀띔을 해주었나 보다. 어머니에게 무슨 일이 있지 않을까 하는 아들의 염려가 며느리에게 지체되지 않고 전해진 것이 고마운 일이지만 왠지 아들 내외 모두에게 미안했다. 어쩌다 내가 며느리에게 전화라도 걸면 며느리의 놀란 목소리가 유선을 타고 들려온다. "어머니, 무슨 일이 있으세요?"라며 긴장하는 모습이 역력하다. 이런 면에서 며느리는 가깝고 좋으면서도 어려운 사이다.

남편을 생각해 낸다.

그런데 남편도 나를 옆에 두고도 장롱에 기대어 눈을 감고 있거나, 불현듯이 생각난 듯 누군가에게 바삐 전화를 거는 옆지기의 무심한 모습이 지나간다. 내가 그이를 옆에 두고도 친구에게 메일을 보내는 것처럼. 세상에 가장 가까울 것 같은 사람과 함께 있으면서도 또 다른 누군가를 찾아나서는 사람을 바라보는 마음은 쓸쓸하면서도 다른 한편은 처연하다. 부모 자식사이가 선택의 여지가 없는 필연의 관계라면 배우자란 서로의 선택에 의해서 관계 지어진 세상에서 가장 가까운 사이인데도 함께 있으면서도 외롭다는 건 슬픈 일이 아닐까 싶다.

군중 속에서도 고독을 느낀다는 것이 남의 말이 아닌 것 같다. 사람의 감정이란 동서고금 시공을 초월해서까지도 같은 것이기에 삼천 년 전의 고전이 오늘날까지도 끊임없이 사랑을 받는 것이 아닐까.

    문득 ≪모든 사람은 혼자다≫라는 책 제목이 스치듯 지나간다.

할머니의 잔꾀

동네 근처 버스 정류장에서 기헌이 모자를 만난 건 다음 주에 있을 봉사활동 때 장애우들에게 읽어 줄 동화책을 받기 위해서였다. 할머니보다는 제 엄마만을 좋아하는 기헌이가 선물처럼 딸려 왔다.

약속 장소에 먼저 도착한 내가 며느리에게 전화를 걸었더니 "할머니! 지금 가고 있어요." 라고 예쁜 대답을 한다. 누구냐고 물으니 기헌이란다. 할머니를 만나려고 와서 예쁘다고 칭찬을 듬뿍 해주니 기뻐하는 모습이 선연하다.

다른 형제들이 신나게 게임들을 하고 있을 때에 제 엄마를 따라 온 일이 기특하여 파란 배춧잎 한 장을 쥐어 주었다. 내 딴엔 격려 차원에서였다.

그런데 그 일이 화근이 될 줄이야. 집에 도착하여 잠시 숨을 돌리려는데 전화벨이 울렸다. 수화기를 들자마자 한 아이가 서럽게 울면서 "할머니, 저도 할머니 용돈을 받고 싶어요."라고 하는 게 아닌가.

세쌍둥이어서 목소리 분간이 어려워 누구냐고 물으니 기웅이란다. 기웅이는 삼둥이 중 막내인데 태어날 때부터 몸이 약해서 내 마음을 가장 많이 빼앗은 아이다. 할미의 약점을 아는 지 아이는 자라면서 나에게 도무지 마음을 주지 않았다. 아이들은 내가 가까이 다가갈수록 약속이나 한 듯이 도리질을 해서 내 애를 태웠다.

어떡하면 이 녀석들과 조금이라도 더 가까워질까 잔꾀를 냈다. 그것이 우리 집에 들어설 때 앞장서서 오는 녀석, 무언가를 들고 오는 녀석에게 관심과 칭찬을. 제 부모가 일이 있어 우리 집에 들를 때 따라온 녀석에게 조금 더 잘해 주자는 것이었다. 즉 질투심 유발 효과를 기대한 나름의 아이디어다.

기헌이의 배춧잎 한 장이 효과를 발휘한 것이다. 세 아이들이 전화기에 대고 돌아가면서 한 마디씩을 했다. 둘째 기환이는 "할머니가 우리 집에 와서 용돈을 주면 안 돼요?"라고 물었다. 평소 그다운 제안이다. 기환이는 셋 중에서 제일 먼저 퇴원을 한 아이답게 현실감이 있다. 자기가 어떻게 해야 상대방이 좋아할지를 알고 똑똑하게 대응을 한다. 올해 초등학교 1학년이 되는 데 반 편성을 할 때 다른 아이들은 셋이 뭉쳐서 한 반으로 들어가기를 원하는데 3년간 유치원에 다니며 불편함을 느꼈기 때문인지, 기환이는 옆에서 형제들이 자꾸 물어서 집중이 되지 않는다고 제 형제들과 다른 반에서 공부하기를 원했다. 욕심도 많고 꾀도 많은 데 본인이 감당이 어렵거나 아니다 싶으면 관심을 접어 버리는 성격이다.

기헌이는 제가 형이라고 솔선수범을 하고 정이 많아서 할아버지의 사랑을 많이 받고, 웅이는 막내답게 어려운 일이 있을 땐 울음으로 해결하려는 경향이 있다. 그러면서도 마음이 약해선지 사람들에게 헌신적이거니와, 형제끼리 다툼이 일어날 것 같으면 제가 먼저 포기해서 형제들의 사랑을 받는다. 뿐만 아니라 그런 웅이는 제일 큰 형뿐 아니라 많은 사람으로부터 사랑을 가장 많이 받는다.

사형제 중 호기심이 많고 맏형을 따라하기를 좋아하는 기환이에게 조금 함부로 대하는 경향이 있는 맏손자 기윤이는 그럴 때마다 나의 지적을 많이 받는다. 아무리 귀한 손자라도 약한 자에 대한 강한 자의 물리적 힘을 나는 싫어한다. 사람의 마음이 그렇듯이 나도 약자인 손자에게 어쩔 수 없이 한지처럼 쉽게 풀어지는 약한 면이 있는 할미다. 신기하게도 삼둥이는 제 맏형을 따르고 신처럼 따라 하고 싶어 하니 그 마음을 이해하기 힘들다. 역시 큰손주는 사람의 관심을 집중시키는 대단한 능력이 있다.

청담기념관에서

한 달에 두 번 도선사 실달학원 동문들이 모여 봉사를 합니다.

6년 전, 3개월 과정으로 기초교리 공부를 함께한 도반들의 모임입니다. 임원은 1년 단위로 바뀌게 되는데, 이곳도 여느 단체와 마찬가지로 어지간해서는 책임을 맡지 않으려고 하지만, 누군가는 해야 할 일입니다.

올해는 십이 년 만에 도선사 주지 스님이 바뀌었습니다. 변동이 있는 해는 어디든지 다소의 혼란과 어려움이 따르는가 봅니다. 많은 신도들이 임기를 마친 스님을 따라가 섬기느라 우리 기(期)가 어렵게 된 상황에서 칠십의 중반인 도반이 회장이 되었습니다. 모두가 자신은 못 하겠다 손사래를 치면서도 연배 있는 분이 과연 잘할 수 있을까 하고 마음속으로 걱정을 했을지도 모르겠습니다. 새 회장은 높은 연배임에도 영등포에서 우이동까지 다니며 성실하게 봉사를 해 오신 분입니다. 저에게 총무직을 맡아 달라는 청에 못한다고 할 수가 없어서 맡게 되었습니다. 어려울 때 필요한 사람이 되는 일이 보람 있는 일이 아닐까 해서 마음을 단단히 조여 맸습니다.

청담(靑潭) 스님은 1902년 진주에서 태어나 1971년에 입적한 한국불교의 중흥조로서, 또 조계종단의 대표자로 한국불교를 넘어 세계불교의 지도자였습니다. 격동기 한국불교의 정화운동을 주도한 현대 한국불교의 산증인인 선사로, 스님은 계행이 엄정하고 선(禪)과 교(敎)에 조예가 깊었으며 생활 실천과 참된 신앙으로 언제나 대중과 함께한 분입니다. 자비방생과 신념무적의 정신을 바탕으로 호국불교의 참뜻을 이으려고 군부대와 젊은 학생들을 위하여 포교도 실천하셨습니다.

뿐만 아니라 인욕보살로 널리 추앙을 받았습니다. 도량을 찾는 사람 누구라도 굶겨 보내면 안 된다는 것이 스님의 뜻입니다. 이 가르침은 스님이 몸을 바꾼 지 43년이 되는 지금까지도 변함없이 이행되고 있습니다. 이른 아침부터 무시로 공양을 할 수 있는 도량은 그리 흔하지 않습니다. 만물을 차별하지 않은 스님의 숭고한 뜻이 변질되지 않고 지금까지 이어져 내려오고 있습니다.

청담 스님 기념관에는 그분의 업적과 생전에 아끼던 유물 등

기념품을 전시해 놓았습니다. 그분의 혼이 담긴 각종 작품과 지필묵, 생전에 쓰시던 돋보기, 낡은 장삼과 바느질 용품이 담긴 작은 실패 쌈지를 보면서 스님의 인간적인 면모에 자상하면서도 서민적인 친근감이 느껴집니다.

봉사 날로 정해진 하루 동안은 기념관을 방문하는 사람들을 맞이하는 일부터 신도들을 위한 대필은 물론 각 전각을 지키는 일, 후원에서 공양물을 나누는 봉사와 설거지, 또 식재료 다듬기와 청소를 합니다. 각자에게 일이 맡겨지면 그날 참석한 신도들은 각각의 위치에서 최선을 다합니다.

이른 새벽에 기념관에 도착한 총무는 회원 관리에서부터 그날 하루 봉사의 총책임을 맡습니다. 한 곳 한 곳을 열쇠로 문을 열고 들어가 불단 청소를 하고 부처님 전에 촛불을 켭니다. 고이 잠들어 있는 기념관에 전깃불을 켜면 관세음보살님이 한 손에 연꽃을 들고 잔잔히 미소 띤 모습으로 가만히 내려다보십니다. 잠시 무언의 교감을 하는 순간입니다. 관세음보살님이 주불(主佛)로 모셔진 제단에 촛불을 켠 다음, 향을 사르고 조심조심 발끝으로 걸어가 다기에 정수를 올립니다. 다기 물을 올릴 때 넘치지도 모자라지도 않게 올려야 하기 때문에 숨까지 멎는 것 같은 긴장감이 돕니다.

어떤 일에 넘치지도 모자람도 없이 하는 게 어려운 일임을 총무를 맡으면서 배웠습니다. 살아오면서 이때처럼 조심성 있게 행동한 적은 없었던 것 같습니다. 떡과 과일 등 공양물을 올린 후 스님 법문을 틀면 법음이 잔잔히 물결치는 화엄의 세계가 펼쳐집니다. 화엄의 세계란 마음속에 넘치는 환희심이기도 합니다. 그 기쁨이 얼마나 큰지 알 수는 없지만 아주 조금 느낄 것도 같습니다. 넓은 공간에 움직이는 물체라곤 오직 저 하나뿐인데도 누군가가 주시하는 것처럼 느껴져 신중하고 조신하게 몸을 사립니다.

저처럼 급하고 조심성 없는 사람에겐 최고의 기도처입니다. 혼자 있어도 많은 사람이 보는 것처럼 신독(愼獨)을 하게 됩니다. 홀로 있을 때 신독하는 것이야말로 마음을 닦는 최고의 경지가 아닐까 생각됩니다. 그 순간, 스스로에게 가장 정직한 사람으로, 누구도 감히 범접할 수 없는 안온하고 환희에 찬 자신과 마주합니다.

제단 바로 좌측엔 신라 말 경문왕 2년(862년)에 이 절을 창건한 국조 도선 국사가 미소를 띠고 중생인 저를 내려다보시며 말없는 가르침을 주십니다. 전혀 세월을 느끼지 못합니다.

이곳의 산세가 1천 년 뒤의 말법시대에 불법을 다시 일으킬 곳이라 내다보고 절을 세운 다음, 큰 암석을 손으로 갈라서 마애관음보살상을 조각하였다고 전해지는 곳이 석불전입니다. 뭇 중생이 지극정성 기도를 올리는 곳으로, 1904년에 국가 기원도량으로 지정되었고, 중창조 청담 스님의 원력으로 호국참회원이 건립되어 오늘에 이르고 있습니다. 참회와 기도가 끝없이 이어지는 곳입니다.

그러노라면 도반 한 사람씩 모입니다. 마치 흩어진 구름이 인연 따라 다시 모이듯 간절함으로 만나는 그들이 참으로 소중하고 고마운 존재들입니다.

총무 일을 보면서 느끼는 보람은 자칫 모르고 지나쳤을 수도 있었을 좋은 인연을 새롭게 만난 일입니다. '일체유심조'라는 가르침에 따라 마음을 모아 한 곳을 바라보며 같은 일을 하니 극락이 바로 여기에 있음을 깨닫게 됩니다. 연배가 있거나 몸이 불편한 도반을 아끼고 살피고 서로가 서로를 위한 말없는 배려심이 참 아름답습니다. 부처님은 남을 위하는 일이 자신을 위한 일이라고 가르치십니다.

어제의 삶이 오늘의 삶으로, 오늘의 삶이 미래의 삶으로 이어져 내려가는 엄정한 윤회로 주고받는 철저한 자력신앙이 불교입니다.

도량에서 바라보는 깊은 계곡은 순간순간 변하는 인생의 순환을 말해 줍니다. 지금은 짙푸르던 초록색이 연해지는 시점에 섰습니다. 조금 있으면 단풍이 곱게 온 산을 뒤덮겠지요. 가을이 가고 겨울이 오면 온 천지는 은백색으로 빛날 것입니다. 순백은 환희를 말해 줍니다. 순백의 아름다움으로 우리의 마음속에는 환희심이 잔잔하게 물결칠 것입니다.

봉사는 이 세상에 살아가면서 해야 할 가장 아름다운 의무이며 권리이고, 해 본 사람만이 느끼는 최고의 기쁨입니다.

그해 설날

세 아이 중에서 두 아이의 생일이 설날과 그 다음 날이다.

둘째 아들을 정월 초이튿날 낳았다. 차례를 지내고 낳아서 '후유'하면서 가슴을 쓸어 내렸다. 삼 년 뒤에 설날 저녁에 낳은 아이가 딸이다. 그 애도 설날 차례를 지내고 저녁에 낳았으니 다행이었다.

직장에 다니면서 설 준비를 해야 했기에 며칠 전부터 퇴근길에 틈틈이 시장을 찾곤 했다. 엄마가 얼마나 힘이 들었으면 아기도 예정일을 기다리지 못하고 미리 나왔을까.

결혼과 동시에 직장을 그만두어야 하는 시절이었다. 나는 공무원이어서 특근을 일근보다 더 많이 했지만 다행히 출산 휴가가 두 달이나 되었다. 출산 후 하루라도 더 아기와 있고 싶은 마음에 설날까지도 출근을 했다.

오후가 되자 진통이 시작되었다. 진땀을 흘리며 미련하게 진통을 참아 가며 근무하고 있었는데 보다 못한 상사가 서둘러 조퇴를 시켜 주었다. 큰 병원이 있는데도 남자 의사에게 진찰 받기가 싫어서 여의사가 있는 개인 병원에 다녔다. 아픈 배를 부여잡고 가 보니 의사는 설을 쇠러 가고 없었다. 난감했다. 그 다음에 찾아간 큰 병원에는 당직 의사밖에 없었다. 남산만한 배를 안고 들어서는 나를 본 의사 선생은 난감해했다. 진료 기록도 없는데 갑자기 오면 어떻게 하느냐고 나무라는데, 다급한 상황에서 어쩌겠는가.

병실 밖에서 남편과 친정어머니가 병실에 빨리 들어가 보라느니, 들어가지 않겠다느니 옥신각신 하는 사이에 진통을 크게 겪지 않고 딸을 낳았다. 밥 먹듯 하는 비상근무 덕에 남편은 위로 두 아들을 낳을 때도 극심한 산모의 고통을 알지 못했는데, 이번에도 역시 딸을 낳은 후에야 들어왔다.

요즘 남편들은 아내의 고통에 동참하느라 손도 잡아 주며 분만 과정을 지켜본다는데, 그때 나는 세 아이 모두 남편의 도움 같은 건 기대도 하지 못했다.

9대 종부로 집안 대소사는 물론 명절 차례와 제사 등을 엄중히 모시는 남편 뜻에 따라 정성을 다하였다. 근무는 근무 대로, 집안 일은 집안일 대로 해내느라 버거웠는데도 내가 할 일이니 최선을 다했다. 명절에 근무가 걸리면 따로 사시던 어머님이 동서들과 함께 나를 대신해서 음식을 만들었다. 친정과 함께 살면서는 친정 차례 준비도 나와 어머니 몫이었다. 시동생들이 결혼하고부터는 동서들이 도왔는데 낯선 주방에서 음식을 만들기가 수월치 않았으련만 말없이 해주어서 고마웠다.

내가 퇴직한 이듬해 시어머님은 76세에 우리 곁을 떠나셨다. 없는 집에 와서 고생한다고 마음을 많이 써 주시던 어머니다. 퇴직하여 이제 어머니를 편안하게 모시자고 했는데 갑자기 떠나셨으니 그 슬픔을 어찌 말로 다할 수 있을까. 2층에서 아래층으로 이사를 해서 짐 정리가 끝나지 않은 상태여서 더 황망했다. 세상의 일이 내 마음대로 되지 않는다는 것을 그때 뼈저리게 느꼈다. 함께할 순간을 기다리지 못하고 돌아가셨으니 애석하다.

어머니가 떠나시고 3년 후 며느리를 보았다. 그해 설날은 잊을 수 없는 날이 되었다. 유학 중인 아들 내외와 어학 연수차 나가 있던 딸이 설을 쇠러 왔다. 동서들과 며느리와 딸까지 함께한 집 안에 넘치는 여자들의 웃음소리. 이 모습은 내가 꿈에 그리던 풍경이었다. 어머님이 계셨더라면 얼마나 좋아하셨을까. 연한 배처럼 살가운 손주며느리를 얼마나 흡족해하셨을까. 한복을 입고 집 안팎을 왔다 갔다 하는 새 며느리의 어여쁜 자태에, 한복 한번 제대로 입어 보지 못하고 보냈던 나의 신혼 때 생각이 났다.

둘째 아들이 결혼을 앞두고 있는 지금, 어머니 돌아가시고 열

여섯 번째 설날이다. 이제 어머님 마음을 헤아릴 수 있을 것 같다. 나에게 가족의 화목을 주문하셨던 어른으로서의 마음을. 시어머니는 시어머니끼리, 며느리는 며느리끼리 통한다는 것도 새록새록 느껴진다. 사람은 자기가 겪어 보지 않고 깨닫기는 쉽지가 않다. 이제는 조카들도 다 컸고, 내 손자들도 쑥쑥 자라서 제법 사내티가 난다.

시할아버님은 딸 많은 집에 유복자로 태어나셨다. 지금 우리 대에는 조상의 음덕인지 튼실한 아들들이 차례상 앞에 두 줄로 꽉 차게 서 있다. 흐뭇한 미소로 그들을 바라보는 남편의 표정이 예사롭지가 않다. 온 가족이 다 모였을 때 어머님의 빈자리가 휑하다. 이런 때 우리는 동서들끼리 모여서 어머님 얘기를 하곤 한다.

설에는 유독 어머님이 애틋하게 그리워진다. 솜씨도 마음씨도 어머님처럼 정갈하고 안존하게 늙어 가고 싶다. 어머님이 그러셨던 것처럼 군더더기를 남기지 않고 깔끔하게 살다가 잠자는 듯 갔으면 좋겠다.

(2014. 설에)

꿈나무들

맏손자 아래로 세쌍둥이 손자가 태어난 지 5개월째다.

내심 딸을 기대하고 있던 아들 내외는 졸지에 사내아이 넷의 부모가 되었다. 가족은 물론 지인들도 딸이 섞여 있었으면 얼마나 좋았겠느냐며 아쉬워했다. 세상에 마음대로 안 되는 일 중의 하나가 자식 일이지 않던가.

처음엔 조금은 아쉬웠지만 아기들이 커 갈수록 내 마음에 가득 차게 들어와서 어여쁘기만 하다. 혹시나 맏손자가 동생들에 대해 샘을 부릴까 봐 염려하였는데 의외로 예뻐하니 그도 다행이다.

세 돌도 지나지 않은 맏손자가 동생들이 퇴원할 때, 고사리 같은 손으로 콧등에 땀까지 송글거리며 유모차를 밀어 주었다. 그 아이는 동생들 옆에 누워서 손가락으로 아기 코와 볼 등 얼굴을 만지는가 하면 제 손가락을 아기들 손에 넣고 쥐게 하기도 한다.

서너 달밖에 안 된 아기들 또한 제 형 손인 줄 어떻게 알고 잡을까. 제 동생들 귀한 줄 아는 형과 세쌍둥이를 보는 내 마음은 흐뭇하다. 인연은 혼자 오지 아니 한다는데 인과(因果) 따라 왔을 소중한 인연이 한없이 귀하다.

아기들 셋이 나란히 누워서 손발을 바둥거리며 노는 모습이 마치도 곰실거리는 강아지 같다. 배가 고프면 허공에 대고 입을 벌리고 이리저리 고개를 흔드는 모습은 영락없이 먹이를 기다리는 제비새끼다. 아이들이 눈을 맞추고 소리 내어 웃거나 옹알이하는 모습을 보면 꼭 깨물어 주고 싶다. 이렇듯 네 손자들과 함께 지내다 집에 와서도 그 애들 생각에 웃음이 절로 나온다. 늙으면 웃을 일도 없다는데 웃을 일이 있으니 그 애들이 주는 행복이다. 생명에 대한 경외감으로 가슴속에서는 몽글몽글 안개꽃이 피어난다.

다행히 며느리가 세쌍둥이를 순산했지만 아기들이 7개월 만에 1.1kg 내외의 이른둥이로 태어나서 우리를 가슴 졸이게 했다. 저 아이들이 언제 커서 온전히 사람 구실이나 할까 싶어 인큐베이터 안에서 잠만 자는 모습에 안타까운 시선을 주곤 했었다. 지인 중에 온 식구가 매달려 세쌍둥이 손녀를 힘겹게 키우는 것을 보았기 때문에 걱정이 더 되었는지도 모른다.

450g짜리 아기도 건강하게 자랐다며 안심을 시키는 의사 선생님의 말씀도 믿지 않았다. 병원 신생아 중환자실에서는 아기들

이 바뀔까 봐 따로따로 분리시켜 각기 다른 간호사가 아기들을 돌봐 주었다. 앳된 간호사들이 익숙한 손놀림으로 아기들을 돌보는 모습에 '천사가 바로 여기 있구나!' 하고 생각되었다.

지방에 사는 큰아들 네였지만 서울의 모 대학병원에서 출산을 하였다. 세 아기들에게 신선한 모유를 먹이기 위하여 2, 3일에 한 번씩 시외버스와 퀵서비스로 모유를 배달하는 그들의 정성이 눈물겨웠다.

아들 부부의 정성 덕으로 무균실에 있던 아기들은 내가 그토록 부러워하던 쑥쑥이 방에서 무럭둥이 방으로 승급을 하였다. 그런데 태어난 지 두 달도 안 된 어린 것들이 차례로 망막수술을 해야했을 때는 너무나 가슴이 아팠다. 태어난 지 두 달 후 둘째 아기가 먼저 제 집으로 갔다. 이어서 첫째 아기도 퇴원했는데 가장 약하게 태어난 셋째 아기가 홀로 호흡 보조기에 의지한 채 쌕쌕 잠만 잤다. 내 맘이 이렇듯 쓰린데 제 아비 어미의 속은 어떨까 싶으니 마음대로 표현도 못하고 가슴만 졸였다. 셋째 아기까지 퇴원하는 날의 기쁨은 하늘을 나는 풍선 같았다.

세쌍둥이가 태어나기 전에는 가족 간의 애틋함이 지금 같지는 않았다. 저희들끼리 편하게 살라고 아들네 집에 가는 걸 극도로 자제했었다. 대문이 활짝 열린 지금은 아들 내외가 손이 모자라 절절 매는 걸 알면서도 많은 힘을 보태지 못하니 안타깝다.

어디를 가나 눈을 맞추고 웃는 아기들의 모습이 눈앞에 삼삼하다. 허나 연로하신 노모와 정년퇴직을 하고도 봉사직으로 현직에 있는 남편과, 결혼을 안 한 자식들이 있으니 그도 여의치 않았다. 이런 내 마음을 아는 남편은 우리의 건강을 지키는 것만으로도 아들 내외의 힘을 더는 거라고 생각하란다. 퇴행성 관절염까지 앓고 있는 나는 아기들 생각만 하면 마음이 편하지 않다.

세쌍둥이는 우리에게 가족의 힘이 얼마나 소중한가를 절실히 알게 해준다. 올 연말에는 온 가족이 함께 지내자고 며느리가 청을 해 왔다. 구순의 어머니와 함께 4대가 모여 즐거운 한때를 보낼 생각에 마음은 벌써부터 아들네 집에 가 있다.

앞으로 우리 집 꿈나무들이 어떤 거목으로 자랄까 생각하면 내 몸 늙는 것쯤은 두렵지 않고 세월을 재촉하게 된다. 알맞은 햇빛과 적당한 수분이 어린 나무를 거목으로 키워 내듯이, 우리 가족의 지속적인 관심과 사랑이 이 꿈나무들을 큰 나무로 자라게 하는 자양분이 될 것이다. 한 가지씩인 나무는 꺾기 쉬워도 뭉쳐진 한 단의 나무를 꺾기는 어렵다지 않은가. 몸으로 마음으로 모아진 힘이 이 험한 세상을 헤쳐 나가는 반석이 되리라.

이 귀한 인연이 어떻게 하여 나에게 왔을까. 바람 따라 왔을까, 꽃수레 타고 왔을까.

(2009. 12. 19)

오월 어느 날의 공원 나들이

13년 만에 가시거리가 가장 길었다는 5월의 끝 무렵에 우리 동네에 있는 '북서울꿈의숲' 공원으로 온 가족이 나들이를 했다.

북서울꿈의숲 정문 앞에는 수령 200년의 느티나무가 오랜 세월이 한자리에 굳건히 서 있는데 이 고장의 수호신이다.

나무 그 둘레에는 여전히 많은 사람들이 옹기종기 모여서 이야기를 나누고 있다. 내가 젊었을 때는 동네 꼬마들과 어르신들이 느티나무 아래에 모여 있었는데, 지금은 젊은이들과 내 또래의 중년의 남녀들이 모여 있다. 격세지감을 아니 느낄 수 없다. 이야기 내용도 회고와 추억에서 미래 지향적인 내용으로 바뀌지 않았을까. 느티나무 주위에서 한가롭게 환담을 나누기도 하고 공원으로 들어가기 위하여 서성이는 사람들이 적지 않았다.

보라색 창포꽃이 핀 칠폭지에는 소금쟁이와 장구벌레 등이 물속에서 한가롭게 노닐고 있었다. 이곳에 오면 여유롭고 한유해서 긴긴 추억 여행을 떠나는 것 같다.

동쪽의 낮은 언덕배기에 자리 잡은 창녕위궁재사는 조선조 23대 순조의 딸 복온공주와 부마 김병주의 재실이 있는 곳이다. 젊은 공주를 잃고 부마는 스무 해 이상 긴 날을 홀로 무슨 생각을 하면서 어떻게 살았을까. 그리고 보면 남존여비로만 알고 있는 조선시대에도 수절은 여자만이 한 것은 아니지 않은가. 남녀 성비를 떠나 왕조의 권위에 대한 숭배가 아니었을까.

창녕위궁재사를 둘러싸고 있는 대숲은 우국지사의 충정의 서늘한 기운이 감돈다. 나라를 찬탈하면서 작위를 주겠다고 회유하는 일본에 항거하는 뜻으로 공주와 부마의 손자가 자결한 곳이기도 하다. 창녕위궁재사 앞에는 하늘을 향하여 향나무 세 그루가 늠름하게 서 있다. 나라에 대한 지조를 굽히지 않은 그분의 우국충정의 깊은 뜻이 서린 곳이다. 말로 다하지 못한 깊은 뜻이 무얼까를 누마루에 앉아서 찬찬히 생각해 본다. 창녕위궁재사에서 멀찍이 서서 본 위궁재사 앞의 향나무의 모습 또한 신령한 서기가 서려 있다.

창녕위궁재사와 볏짚으로 지붕을 인 '이야기 정원' 사이에 흐르는 도랑물이 도란도란 이야기하듯 졸졸졸 흐른다. 정원 마당에 한아름 피어 있는 작약의 아름다움은 소풍 나온 어린이들과 어울려 함박웃음을 피워 내고 있다. 어린이들이 꽃밭에 앉아서 사진을 찍고 한참을 재잘대다가 선생님의 호루라기 소리에 맞춰 이내 다른 곳으로 간 후에도 긴 여운이 남는다.

가족과 함께 하는 행복한 시간

황금여행

세계 국제책박람회장에서

국제책박람회 마지막 날, 딸과 함께 박람회가 열리고 있는 코엑스에 갔다.

일요일이어선지 매표소부터 많은 사람들로 붐볐다. 얼마 전에 세계여성발명품전시회에 갔을 때는 기대에 못 미쳐 허탈한 마음으로 돌아온 적이 있었다. 그때와는 달리 이번 책 박람회는 찾는 사람이 많으니 가뭄에 비를 만난 것처럼 반가웠다.

우리도 그들 틈에 줄을 서서 한참을 기다렸다가 세계 여러 나라에서 온 책들이 진열되어 있는 대서양홀로 들어섰다. 우선 규모면으로 엄청나서 입을 다물지 못했다. 부모와 함께 온 어린이들, 연인 친구들과 함께 온 젊은이들 틈에 쌀 속에 섞인 뉘처럼 나이든 사람들도 간혹 눈에 띄었다.

사람들은 저마다 관심 있는 분야의 책이 진열되어 있는 코너에서 책들을 보고 있었다. 나이 지긋한 어르신들은 침이나 뜸 같은 건강을 다룬 책 코너에서 책을 뒤적였다. 그리고 직원에게 질문을 하는 모습도 보였다. 젊은이들은 짧은 시간에 정보 하나라도 더 얻으려는 듯 눈을 반짝이며 어학서적이나 실용서적, 또 쉽게 접할 수 없는 전공서적이 진열된 곳에서 빠른 속도로 책장을 넘기고 서 있었는데 그 모습들이 믿음직해 보이면서도 취업 준비용인가 싶어 한편 안쓰럽기도 했다.

한참을 나와 함께 다니던 딸이 아무래도 관심 분야가 달라서 불편했는지 따로따로 다니자고 했다. 나도 이때다 싶어 물 만난 고기처럼 자유로이 관심 있는 책들이 진열되어 있는 곳을 찾아 부지런히 드나들었다.

가장 활기차고 성황을 이룬 곳은 부모와 함께 온 아동들 책이 있는 곳이었다. 부모와 책에 관해 의견을 나누는 소년 소녀도 있었고 번잡하고 어수선한 속에서도 무아지경으로 책 속에 빠져 있는 아이들도 있었다. 그들을 보면서 작은아이가 초등학생이었을 때 담임선생님께서 "선우는 주위가 어지러운 속에서도 책을 읽고 제 할 일도 한다."고 한 말씀이 생각났다. 지금도 책을 가까이 하는 아이를 보면서 어렸을 때 습관이 평생 가는 것 같다는 생각이 들었다.

나도 손자에게 읽힐 만한 책이 있나 하고 이 책 저 책을 살펴보다가 눈길을 끄는 화려한 책이 있어서 보니 내용에 비해 가격이 터무니없이 비싸서 도로 제자리에 놓았다. 모처럼 할머니 노릇을 하고 싶었는데 무색하고 아쉬웠다. 내용이 받쳐주지 않고 단순히 어린아이들의 호기심을 끌기 위해 현란하게 장식한 책들을 보며 어린이들에게 과연 얼마나 도움이 될까 싶었다.

한참을 둘러보다가 준수한 용모의 총각이 조선시대의 선비 옷으로 치장하고 사람들과 사진을 찍고 있는 유학서적(儒學書籍)을 취급하는 한 대학 출판사 앞에 섰다. '2천 원의 행복'이라는 피켓 앞에 진열된 대여섯 종류의 철학 책들이 머리를 맞대고 추레하게 놓여 있었다. 그런데 책값이 터무니없이 싼 가격으로 머리까지 조아리고 주인을 기다리고 있는 철학책들을 보면서 반가움은 순간이고 한숨이 나왔다. 마치 혼신을 다해 자식들을 길러 내느라 노후를 준비하지 못한 노인들이 자식으로부터 홀대받는 것 같았던 것이다. 어쩌다 물질만능의 시대가 되어서 가치관이 뒤바뀐 세상이 되었는지.

애지중지 온 힘을 다해 자신을 길러 낸 노부모를 위한 지출에는 주저하면서 자식의 공부를 위한 책은 당연하지만 장난감과 옷을 사는 데까지도 아낌없이 투자하는 젊은 엄마들을 보는 것 같아 씁쓸했다. 인륜에 대한 가르침으로 이 시대에 정말 필요한 보약 같은 책들은 격에 맞지 않는 낮은 대접을 받으면서 화려한 그림으로 가득 찬 어린이 책들은 고가임에도 좋은 대접을 받고 있는 세태가 씁쓸했다. 그것들을 손에 넣게 해주려고 가장들은 어렵게 돈을 벌고 있는데…. 꼭 그렇게 값비싼 정가를 매겨야 하는지. 그래야 정말로 자식 교육이 잘되는 것일까.

가정을 이루면 부부가 가장 소중한 것은 당연하고 그 다음이 부모이고 세 번째가 자식이라는 성현의 가르침이 무색하다. "나 이뻐한 자식 남 눈에 괴지 않는다."는 말이 있음에도 자식을 모든 관계의 최우선 순위로 놓는 이즘의 세태가 서글펐다.

한참을 서서 이 책 저 책 보면서 관심을 보이는 내가 반가웠는지 여기 앉아 책을 보시라며 의자까지 내주는 젊은이의 작은 친절이 고마웠다. 괜찮겠느냐고 물으니 그것이 자신의 일이라고 말하면서 환한 미소까지 선사한다. 책 하나라도 더 팔려는 욕심으로 열기가 뜨거운 어린이 책 코너와는 격이 다른 곳이었다.

각각 2천 원씩의 적은 돈이 주는 행복을 가득 안고 돌아오는 발걸음이 가벼우면서도 마음 한편이 무거웠다. 어른을 상대로 하는 책들은 말도 안 되게 싼 가격으로 팔면서 어린이를 위한 책들은 할인 폭이 상대적으로 작았는데 상인들의 얄팍한 상술이 야속했다. 기대를 걸고 왔다가 혹여 빈 손으로 돌아가면서 부모는 부모대로 아이는 아이대로 상처받는 가족이 있지 않을까. 진정 2천 원의 행복을 아이들 책에서도 느낄 수 있는 일은 꿈에서나 가능한 일일까.

황금여행

추석을 며칠 앞두고, 주말에 양평으로 가족 나들이를 떠났다. 우리 부부와 큰아들 네 여섯 식구, 신혼 중인 작은아들 네까지 함께한 1박 2일간의 여행이었다.

아름다운 팔당호를 미끄러지듯 올라가다가 내린 곳이 남한강과 북한강이 만난다 해서 이름 붙인 두물머리이다. 두물머리 앞쪽 정자나무 그늘 아래에는 이미 수많은 사람들로 북적였다. 물길과 사람 길을 가르는 나지막한 담을 끼고 한참을 올라가다가 매표소 앞 세미원으로 가는 배다리를 만났다.

시작과 끝 알 수 없는 넓고 고요한 호수에는 황포돛대를 단 배 한 척이 서 있었다. 정조대왕이 어머니 혜경궁 홍씨의 회갑 날에 아버지 사도세자의 능에 가기 위해 만들어 띄웠다는 배다리를 건너야 세미원에 갈 수 있다.

손자들은 배다리를 건너며 무서워하면서도 즐거워했다. 배 중간 중간을 잇는 울룩불룩한 짚단 이음새가 흔들릴 때마다 아이들은 까르르까르르 웃으며 재미있어 했다. 어른이 건너도 작은 떨림을 주는데 손자들은 무서워하면서도 즐거워했다.

배다리 끝부분에 양지바른 네모반듯한 넓은 터에 탁 트인 잔디밭을 거느리고 반갑게 맞이해 준 우체국과 세한정이 나왔다.

추사의 유명한 그림 〈세한도〉는 역관이었던 제자 이상적이 제주도에 유배당해 있는 선생을 위해 중국에서 많은 책을 사다 준 게 고마워서 그린 그림이다. 추사가 마음을 담아 그린 세한도를 기리는 세한정 앞 잔디밭에는 사제(師弟)의 아름다운 정을 나타내는 듯 바둑판무늬 틈 사이로 잔디가 나 있고, 잔디밭 가장자리의 소나무에는 수많은 사람들의 염원을 담은 엽서가 조롱조롱 매달려 있다.

이 엽서들은 매년 정월 보름날마다 모아서 태운다고 했다. 우리도 각자의 소원문을 적어 걸었다. 동생이 셋이나 있는 기윤이가 동생이 많아 때로는 버거울 법도 한데 엄마 아빠께 예쁜 여동생 하나를 주문하여서 모두를 웃게 했다. 세 동생들 때문에 스트레스를 받는지 가끔씩 동생들에게 함부로 대하기도 해서 안타까웠는데 뜻밖에 여동생을 원하니 기특했다. 나도 염원을 담아 쓴 엽서를 소나무에 매달았다.

세미원을 휘돌아 흐르는 작은 물길을 따라 천천히 걸었다. 오염된 마음을 깨끗이 빨라고 빨래판 징검다리로 되어 있다. 여름내 활짝 피었던 연꽃은 간 곳 없고 군데군데 연밥을 인 긴 가지만 널브러진 연잎 사이사이로 우뚝우뚝 솟아 있었다.

시원한 바람이 부는 다리 밑에는 여러 가지 놀잇감들이 즐비하게 놓여 있었다. 우리는 그곳에서 윷도 놀고 통 속에 화살도 던져 넣었다. 넓은 평상엔 사람들이 한가롭게 앉아서 여름날 더위를 식히며 망중한을 즐기고 있었다.

해가 설핏 서쪽으로 기울 무렵 차를 타고 중미산 중턱에 있는 한화콘도로 향했다. 밤엔 중미산 천문대에 올라가 별을 보았다. 밤 10시에 문을 닫았기 때문에 하늘을 보면서 별을 세었다. 모두들 잊지 못할 추억을 가슴속에 한 아름 담지 않았을까.

공원이 병원

아들이 쉬는 날이어서 반찬 두어 가지를 해 가지고 아들네 집에 갔는데 아들이 출근을 하고 없다. 분명 어제 근무한다는 말이 없었는데…. 손자들이 보고 싶어서 가도 아들이 집에 있어야 할 날은 그 애가 있어야 집 안이 꽉 찬 듯하다.

아차! 아기들이 잠잘 시간인데 내가 시간을 못 맞췄다는 생각이 그제서야 들었다. 하나 둘 아기들이 잠이 들고 할 일이 없어지면 끈 떨어진 연처럼 불안해진다. 무언가 할 일이 있어야 아들네 집도 편안하다. 추운 날에도 손자네 집에 줄기차게 다니던 어머니가 갑자기 발길을 끊은 생각이 났다. 그 마음이 이 마음이었을까 하고.

내가 할 일이 없다면 머물러야 할 이유가 없을 것 같다. 심심해진 나는 집에 간다고 나섰다. 며느리가 아기들 옆에서 한 잠 주무

시라고 붙잡았지만 며느리에게 편히 자라는 말을 남기고 나왔다.

세쌍둥이가 생긴 뒤로 우리 고부간엔 시간만 나면 서로 잠을 자라는 말을 선심이 깃든 덕담처럼, 최고의 배려처럼 하고 있다. 이런저런 이야기를 하고 싶어도 피곤할 며느리 붙잡고 할 이야기가 없다.

아까운 시간 잠자면 뭐하나 싶어 아파트 앞을 걸어 나오며 어디로 갈까 하고 잠시 생각을 했다. 봄이면 쑥을 캐려고 온 들판을 헤매던 어릴 적 병이 도졌다. 아침에 산책길에 한 줌 캔 쑥으로 끓여 먹던 국, 쑥향이 입 안에 가득했다.

공원으로 향했다. 따스한 잔디밭에 한 여인이 나를 기다렸다는 듯 앉아 있다가 말을 걸었다. 어디 아픈 곳 없느냐고. 목이 잠겨서 말을 할 수 없다고 하니 가지고 있던 솔잎 모은 것을 내 어깨에 대고 콕콕 누르면서 하는 말이 "공원이 병원이에요. 따뜻한 햇볕과 시원한 바람, 그리고 아름다운 새소리, 이 모든 것이 병원입니다." 하는 거였다. 마음이 편안해지고 목이 한결 부드러워지는 것 같았다. 머리가 아프다는 그 여인에게 나도 솔잎을 정수리에 대고 콕콕 눌러 주었더니 시원하다면서 말이 이어졌다.

우리는 의기투합 하였다. 그녀는 지리산에 맑은 눈빛을 지닌 스님이 있는 곳에 한번 가자고 했다. 그 전날 울산에 있는 비구니 도량 석남사에 다녀왔다고 하니 그 절이 기막힌 곳이라고 내 말을

받았다. 갑자기 어제 들은 콸콸콸 폭포처럼 쏟아지던 물소리가
옆에서 들리는 것 같았다.

그 여인은 알고 보니 나와 이웃에 살고 있었다. 그러면서 지리
산 스님이 계시는 암자에 함께 가고 싶으면 자기네 대문에 쪽지를
붙이라고 말하고는 마침 걸려 온 전화를 받으며 만나기로 한 친구
가 왔다면서 황급히 자리를 떴다. 아름다운 불자를 만나 반가웠다
는 말이 바람 타고 귓가에 오래도록 머물렀다.

그 여인이 떠나고 이번에는 건강하게 생긴 중년 여인 둘이서
나물을 캐고 있는 모습이 눈에 들어왔다. 나물에 대해 잘 모르는
나에게 이것저것을 가르쳐 주었다. 그 여인들도 자연 예찬론자들
이었다. 구릿빛 얼굴에 흰 이가 더욱 희게 빛나는 언니의 넉넉함
과 여릴 것 같은 여동생의 배려심이 잘 어울리는 자매간 같았다.
아버지가 생전에 자기가 캔 나물 무침을 그렇게나 좋아했다고 그
래서 봄만 되면 들판에 나오게 된다고 했다.

자매끼리 오순도순 도란도란 나누는 모습이 정겨웠다. 조금 있
다 보니까 앵무새 한 마리가 그녀 곁에 붙어 서서 떠날 줄을 몰랐
다. 웬 앵무새냐고 물으니 집에서 키우는 앵무새인데, 저를 데리
고 나가지 않는다고 화를 못 참고 제 털을 다 뽑았다고 했다. 짐승
과도 마음을 통할 수 있는 그들이 경이로웠다. 모든 존재는 하나
이고 불성을 지녔다는 법언 생각이 났다. 주인의 품속으로 들어간

앵무새는 나물을 캐는 내내 주인의 가슴속에서 잠자듯이 고요히 있었다.

　참 신기한 하루였다. 나도 손자들이 내 자식이라면 내 맘대로 데리고 나오겠지만 며느리의 자식들이니 모든 게 마음뿐이다.

　아기들도 밖에 나가 놀고 싶다는 듯 현관에 옹기종기 모여 있던 아기들의 신발들이 눈앞에 삼삼하다.

책거리 야외 수업

　동네 구청 여성 교실에서 운영하는 한문 교실에서 책거리 겸 봄나들이를 선운사로 떠났다. 개설된 지 8년 가까이 되는데 두 반으로 나뉘어 공부를 하고, 학우들 간에 우정이 끈끈하다. 출발 시간이 아침 일곱 시인데도 놀라운 건 45명 중 한 사람도 지각하는 사람이 없어서 정시에 떠날 수 있었다.

　한문을 배워서인지 아니면 언행일치를 실천하려고 노력하시는 선생님 밑에서 배운 덕분인지 80대부터 40대까지의 가정주부들이 모인 집단이어서 늦지 않을까 내심 염려가 되었는데 기적 같은 일이었다. 안내를 맡은 여행사 직원도 한문 공부를 하는 주부들이어서 어느 정도 기대는 했지만 이토록 산뜻한 출발을 할 줄은 몰랐다고 놀라워했다.

　출발지에서 멀지 않은 곳에 갔을 때, 갑자기 애국가가 버스 안 가득히 우렁차게 울려 퍼졌다. 그러더니 우리가 여학교에 다닐 때의 노래가 계속해서 흘러나왔다. 〈과수원길〉〈에덴의 동쪽〉〈애니로리〉〈꽃밭에서〉〈소녀의 꿈〉〈메기의 추억〉〈선구자〉 등 오랫동안 잊고 있던 그리운 노래들이 아닌가.

누가 먼저랄 것도 없이 한마음이 된 우리는 노래를 따라 부르고 있었다. 알고 보니 안내자가 재외 동포들의 국내 관광을 위하여 마련한 것이라고 한다. 세심한 배려라고 생각됐다. 그동안 수없이 국내 관광을 다녀 봤지만 관광버스 안에서는 단 한 차례도 들어본 적이 없는 애국가 연주였다. 애국자가 아니더라도 외국에 나가면 모두가 애국자가 된다고 하더니 재외 동포들의 애국심과 동심으로 돌아간 노래를 들으며 그들의 마음이 되어 가슴이 뭉클했다.

문득 미국 LA의 한국인들이 모여 살고 있는 주택가 마당 한쪽에 무궁화, 분꽃 그 외에 우리나라에서나 봄직한 들꽃들이 오롯이 피어 있던 걸 보고 눈물겨웠던 생각이 난다.

정작 우리들은 나라 사랑의 마음을 잊고 살기가 쉽지만, 외국에 살고 있는 동포들은 한시도 한국인임을 잊지 않고 살고 있다. 순간순간 자타가 공인하며 확인되는 한국 사람이 아닌가. 꿈속에서도 나라 사랑의 끈을 놓지 않고 살아가는 그들을 생각하면서 가슴 한쪽이 뻥 뚫린 듯한 통증을 느낀다.

아직은 침묵하는 산속에 묻힌 앙상한 나무와 흘러가는 강물을 바라보며 봄이 오고 있음을 피부로 느낀다.

사람의 진정성

　'정승 집의 개가 죽으면 문전성시(門前成市)를 이루어도 정승이 죽으면 개미 새끼 한 마리도 얼씬하지 않는 것이 세상의 인심'이라고 한다. 세상은 바뀌어도 변하지 않는 것이 세상사인가 보다. 11월의 끝 무렵에 한 문예지에서 창작문학상을 받는 P 선생님을 축하하는 자리에 함께했다. 화려했던 그분의 약력이 소개되는 동안 휠체어에 앉아 아무 때나 눈을 찡긋거리며 천진하게 웃는 선생님을 뵈면서 가슴 한쪽이 무너져 내리는 아픔을 느꼈다. 어쩌다가 선생님께서 이 지경까지 되었을까.

　선생님은 올곧은 선비정신의 소유자셨다. 제자 한 사람 한 사람의 이야기에 귀 기울이시고 제자들과 더불어 웃고 울었고 그 모든 제자의 작품마다에 성의를 다해 첨삭을 해주셨다. 그리고 자신보다는 남을 배려하시는 분이셨다. 선생님께서는 하나밖에 없는 아

들을 결혼시키는 날, 손녀딸 결혼하는 모습을 꼭 보고 싶어 한다
는 사돈 할머니를 배려하여 결혼식을 남쪽 끝 바닷가 B시에서 하
기로 하고 가족끼리만 단출하게 기차를 타고 결혼식장에 다녀왔
다. 그래서 가족의 서운함은 차치하고라도 지인들로부터 호되게
질책을 받느라 절절매었다는 후일담까지 있다. 남이 보아도 탐이
나고 얼굴만 쳐다보아도 배부를 것처럼 귀티 나는 아들의 혼사를
그렇게 초라하게 치르고 싶은 부모가 세상에 몇이나 될까. 보통
사람으론 도저히 흉내도 낼 수 없는 선생님의 상대방에 대한 배려
심은 누구도 따를 수 없는 그분의 인품이었다.

그런 어느 날, 선생님은 세쌍둥이 손녀를 보았다고 친구가 은밀
하게 전해 주었다. 거기다 가운데 손녀가 태중에 영양분 부족으로
실명을 했다는 일은 충격적이었다. 나중에 선생님께 들은 얘기지
만 "그 애가 더욱 안타까워 정성을 쏟게 되더라."고 어렵게 털어
놓으신 건 한참의 시간이 지난 후였다.

이렇듯 선생님은 항상 남 먼저 생각하느라 자신의 일은 뒷전에
밀어 놓으면서도 생각이 다른 사람으로부터 필요 이상의 오해를
받거나 아끼던 제자로부터 격에 맞지 않는 도전을 받으면서도 의
연하게 잘도 참아 내시는구나 했는데, 어느 날 심근경색이 왔다.
그 후 급속도로 악화되는 건강이 수직 하강으로 내리막길을 걷고
있다. 처음에 우리가 부축하느라 선생님의 손이라도 잡을라치면

쑥스러워하시면서 "이래도 되는가 몰라." 하시곤 했는데, 이제는 그런 것쯤은 감각도 없어진 지 오래다. 수상 소감 말미에 그래도 한 사람도 빠짐없이 식사를 하고 가라는 당부 말씀을 잊지 않았다. 모든 것이 가물가물 잊혀지는 가운데에서도 평소 선생님의 따뜻한 품성이 드러나는 데 또다시 가슴이 먹먹해졌다.

제자들에 대해 어느 부분 소홀함이 없으셨던 선생님이건만 이제는 어린애처럼 단순해져서 자신이 제일 중요시하는 먹거리에만 관심이 있을 뿐이다. 휠체어를 타고 국수를 들고 계신 선생님과 사진을 찍으려고 하는데 들고 있는 젓가락을 놓치지 않으려고 안간힘을 쓰셨다.

그토록 고매하시던 인품은 어디로 가고 본능만 남아 있을까. 선생님께서 건강하실 때 구름처럼 몰려들었던 제자들은 모두 어디로 갔을까. 선생님께서는, 자신은 돌볼 줄 모르고 남의 아픈 얘기만 들어주고 치유하시다 용량이 초과해 버린 것일까.

사람의 진정성은 어려움에 처해 봐야 안다는 말이 있다. 뜻이 통하는 우리는 모임을 재정비해서 끝까지 선생님 곁을 지키고 있다. 우리는 수필로 만난 문우들이 아니던가.

어머니의 유치원

어버이날이다.

친정어머니가 다니는 '데이케어센터'에서 보호자와 주민을 위한 행사를 하면서 초대장을 보내왔다. 치매를 앓고 있는 어머니가 요즘 더 힘들게 해서 선뜻 내키지 않았다. 가지 않겠다고 센터장에게 말했더니 아무래도 어머니가 학부모 기다리는 유치원 어린이 같은 심정으로 기다리고 계실 것이니 바빠도 참석하기를 권한다.

문득 딸아이 어렸을 적 생각이 났다. 여섯 살 때 유치원 체육대회 날이었다. 외사촌 올케언니가 직장에 가 있는 나를 대신하여 머리에 토끼 귀 모양의 탈을 쓰고 2인 1조가 되어 딸과 발을 맞추어 달려가던 사진 생각이 난 것이다. 그 사진을 볼 때마다 나는 딸아이에게 직장 생활하느라 엄마 역할을 제대로 해주지 못한 게 지금까지도 가슴이 아프지 않던가. 딸아이는 지금도 엄마 대신 할머니와 운동회나 소풍을 간 일이 서운했었다는 말을 한다. 엄마 손이 필요한 때 제 몫을 다하지 못한 아쉬움은 희석이 되지 않는다. 내 뜻과 상관없이 그때도 나는 어린 마음에 상처를 안겨 주었는데 지금 내가 가지 않으면 어머니의 마음을 또다시 아프게 할 것 같아 초대에 응하기로 했다.

　센터에 가서 보니 어머니가 만든 작은 꽃바구니를 전시해 놓고 종이를 접어서 나뭇가지에 주렁주렁 매달아 놓은 소품도 있었다. 어르신들이 만든 비누도 선물로 주었다. 평소에 나를 못마땅해 하시는 어머니도 선생님이 뒤에 따님이 와 있다고 하니 살짝 미소를 짓더란다. 아마도 마음속으로 안도의 숨을 쉬셨을 것이다. 만일 내가 가지 않았더라면 어머니도 딸처럼 얼마나 쓸쓸하셨을까. 그날 어머니와 함께 점심을 먹고 집에 오는 발걸음이 가벼웠다.

　어렸을 적에도 어머니는 홀로 생계를 꾸려 가시느라 집안일은 내 차지였다. 그래도 우리를 위해 고생하는 어머니가 고맙기만 했었다. 어머니는 나를 최고의 효녀로 남편처럼 의지하면서 살았다고 한다.

　우리 부부는 결혼하고도 맞벌이부부로서 직장생활을 계속했다. 그래서 친정어머니가 살림을 맡아 해주셨는데 어느 날 갑자기 참선을 하겠다면서 여섯 살짜리 딸과 초등학생인 두 아들, 출가하지 않은 친정동생들까지 나몰라라는 듯 홀연히 집을 떠나가 버리셨다. 그즈음 나는 과천으로 전출까지 되었으니 최악의 상황이었다. 그때 어머니가 원망스럽기는 했지만 그래도 어머니 나름의 인생이 있다고 나를 다독였다. 안거가 끝나고 우리 집으로 다시 돌아오시기가 미안했던지 "죽은 어미가 한 번씩 온다고 생각해라."고 말씀했다.

그 후 30년이 지났지만 어머니의 성정은 그때나 지금이나 변함이 없으시다. 당신 마음대로 우리 집에 오시고 싶을 때 오시고 절에 가시고 싶으시면 떠나신다. 어머니 편하신 대로 사신 분이시다.

어머니는 맏딸인 나에 대한 기대치가 높게 설정해 놓고는 당신의 기대치에 미치지 못하는 나를 때로는 도둑으로 몰면서까지 보상을 받고 싶어 하신다. 우리 가족이 별 탈 없이 사는 게 오직 어머니의 기도 덕분이라며 생색내시곤 한다.

구십의 중반까지 딸네와 살면서 낮 동안은 데이케어를 유치원처럼 다니시는 어머니, 사람들은 그런 어머니를 복 많은 노인이라고 한다. 세상이 변해서 아들도 노부모를 유기하거나 모시지 못하는 세상에 칠순의 딸 내외의 돌봄을 받으니 효, 불효를 떠나 행복하다는 뜻일 것이다. 나로서도 다행스럽게 생각하지만 정작 당사자인 어머니의 생각이 다르니 괴로운 일이다. 남이 이루어 놓은 노력까지도 자신의 덕으로 돌리는 어머니는 자신은 물론 가족 전체를 불행하게 한다. 자아를 넘치게 사랑하는 결과가 아닐까. 설사 그런 마음이 들더라도 한번쯤 역지사지해 보면 자신도 남도 행복하게 할 텐데, 끝없는 욕심에 *끄달려* 언제까지 괴로움의 바다에서 허우적거리실 건지. 절에서 무얼 배우셨는지 답답한 맘 한량없다. 데이케어에선 즐겁게 잘 지내시다가 집에 오시면 왜 부아가 치미는지 이해가 되지 않는다.

남쪽 지방으로 시집간 딸은 내가 올 날을 손꼽아 기다리고 있다는데, 어머니는 딸과 함께 살면서 고마운 줄 모르니 부모 자식도 따로 살아야 사람 귀한 줄을 아는 것이 아닐까.

내 인생의 요리

내 몸의 대들보가 위태로워져서 경기도 산본에 있는 한 대학병원의 한방병원에 다녀오는 길이었다. 걸을 때는 물론 움직일 때마다 견딜 수 없는 통증으로 고통받고 있다. 의사는 척추가 주저앉았다고 MRI를 찍고 몇 번에 걸쳐 입원을 하고 시술을 해야 한다고 아무렇지도 않게 말했다.

문득 나 자신을 되돌아보니 내 인생의 들판에는 늦가을이 다가도록 마쳐야 할 추수를 끝내지 못하고 애면글면 애를 태우는 일들이 산적해 있다. 거동이 불편한 구순의 친정어머니, 예순이 가깝도록 결혼을 못한 큰동생이 목에 가시처럼 넘기지도 못하고 뱉어 내지도 못하고 자나 깨나 나를 옥죈다.

어머니는 이제 떼쓰는 아이 같으시다. 내 딸이 나를 위한 약을 사 오면 왜 당신 몫은 없느냐고 서운해하신다. 설날이 되어도 어머니를 뵈러 찾아오지 않는 당신의 다른 자식들에게는 한없이 관대하면서도 내 자식들에게는 요구 사항이 많으시다. 미국으로 이민 간 막냇동생이 큰누나에게는 미안해서 전화를 드릴 수 없다는 전화를 받았다고 전해 주면서도 본인은 도무지 감사할 줄을 모르는 어머니이다.

설날 아침에 두 시동생 내외가 그들의 사돈인 내 친정어머니께 세배를 드리는 모습에 나는 쥐구멍이라도 있으면 들어가고 싶은 심정이다.

큰아들 집에는 큰손자를 포함한 세쌍둥이가 현관문도 잠그지 않은 채 내 손을 기다리고 있다. 어디 그뿐인가, 혼기를 놓치면서도 성가하지 못한 아들딸이 산처럼 버티고 있으니 앞이 캄캄하다. 전에 진찰받은 병원에서도 수술을 해야 한다고 해서 혹시나 하는 요행을 바라고 기대감으로 갔는데 역시나였다. 몸을 최대한 아끼면서 가벼운 운동이나 하고 수술하는 일 이외에는 별 뾰족한 묘안이 없단다. 몸은 노쇠해지는데 갈 길은 멀고 할 일은 끝이 없다. 몸은 늙어 가는데 시집살이는 젊어진다는 옛말은 이런 때를 위한 말인가.

오후 네 시 무렵 전철을 탔다. 마침 내 옆 빈자리에 어르신 한 분이 무거운 배낭을 힘겹게 주저앉으며 털썩하고 몸을 부린다. 나는 그분의 배낭을 받아서 넘어지지 않도록 놓아 드리면서 "무슨 배낭이 이리도 무거워요?" 하고 살붙이를 나무라듯이 말씀드렸더니 손자에게 줄 만두란다. 얼마나 피부가 맑고 투명하던지 나도 모르게 손으로 할머니 볼을 만져 보았다. 손자가 만두를 좋아해서 새벽 네 시부터 만들어서 아들네 집에 가신다는 거였다. 햇빛에 비친 한지를 바른 창호지 문 같은 피부가 아기 피부 같은데 흘러나오는 말씀마다 어여쁘니 마음이 놓였다. 그분을 뵈니 오래 전에 돌아가신 정갈하고 온화하게 살다 가신 시어머니를 뵙는 듯했다. 자식도 부모를 몰라라 하는 사람이 지천인 세상에 무슨 덕을 보겠다고 스물여섯 살이나 먹은 손자를 위하여 노원까지 이 무거운 짐을 짊어지고 가느냐고 말씀드렸더니 큰손주가 당신이 만들어 주는 만두만 좋아한다는 거였다. 아들네 가족을 위하여 기쁜 마음으로 빚었을 것을 생각하니 화목한 한 가정의 모습이 그려진다. 도무지 일흔일곱이라고는 믿겨지지가 않을 만큼 고운 자태다. 자제분이 몇이나 되느냐고 물었더니 아들만 둘이라고 했다. 나는 아들만 둘이라는 사람 앞에서는 말을 잇기가 난감하다. 혹여라도 며느리가 부모에게 잘 못한다는 말이 들려올까 두려워서다.

그런데 왠지 그분에게는 그런 걱정은 하지 않아도 될 것 같다는 믿음이 느껴져서 며느님이 잘하느냐고 물으니 큰애가 제 할 일 미루지 않고 잘한다고 대답하셨다. 며느리로 제 할 일 미루지 않으면 최선이 아니겠는가. 부모는 자식의 거울이라는 말이 있듯이 어른이 잘하는데 잘 못할 자식이 그리 흔하겠는가. 배려하고 감사할 줄 아는 사람 주위엔 같은 부류의 사람이 모이는 것이고 자기만 생각하고 남 배려할 줄 모르는 사람 주위엔 항상 불평불만 할 일이 생기는 것이 아닐까. 그것이 만고의 진리임을 간파한다면 우리는 좀 더 자중자애하면서 살아가야 하지 않을까 싶다. 그분은 치매로 고생하던 영감님이 2년 전에 돌아가실 때까지 수발하느라 힘들었다고 말씀하면서도 만면에 가득한 웃음기로 얼굴이 환했다. 그러기로 말하면 딸이 없다고 해서 시름에 겨울 일도 아니지 않을까. 어느덧 내가 내려야 할 정거장이 가까워 오고 있는데 스르르 잠이 든 노인의 단잠을 깨울 수 없어 잠시 망설이다가 내렸다.

종부로 시집와서 조카들이 제 몫을 다하도록 길러내고 집안을 일으켜 세우느라 몸이 부서지게 일만 해 온 사촌 올케언니인 나의 삶이 안타깝다고 써 보낸 사촌 시누이의 가슴 절절한 편지 생각이 났다. 지금쯤은 언니를 위하여 살 때인데도 그러지 못하고 바보처럼 살고 있는 내가 딱하다고 했다. 그러나 타고난 천성이 그런 걸 난들 어떻게 하겠는가.

지금까지는 시고도 짜게 때로는 떫게 살아왔다 해도 앞으로 남은 내 인생의 요리는 잘 우려낸 시골 국물처럼 따뜻하고 구수하여 만인의 가슴을 훈훈하게 데우는 삶이면 얼마나 좋을까. 남아 있는 사람들에게 오래도록 좋은 모습으로 기억되었으면 좋겠다.

해로하는 부부의 복

전철 안에서 한 할아버지를 만났다. 자리를 양보했더니 처음에는 사양하시다가 마지못해 자리에 앉으시더니 나에게 말을 거셨다. 연한 잉크 빛 남방을 입은, 깔끔하고 인상이 좋은 분이셨다. 그분은 자신이 90대 중반이라면서 '90대까지 부부가 해로한다는 건 대단한 복'이라는 말씀을 하셨다.

"그럼 부인과 함께 계세요?"

내가 여쭈었더니 부인은 25년 전 71살에 세상을 뜨셨다고 했다. 재혼은 하셨느냐고 물으니 "재혼하면 복잡해져서 하지 않았다."고 하셨다. 자식들과의 관계를 염두에 둔 발상이 아닐까 싶다.

지금 큰아들 네와 함께 살고 계시다는 어르신은 인생을 제대로 사시는 분이구나 싶었다. 사람이나 사물은 저 있을 자리에 있어야 빛이 난다는 생각을 순간적으로 했다.

가는 길이 서로 달라 이야기가 더 이상 이어지지 못했다. 어르신의 혜안을 더 이상 들을 수 없어 아쉬웠지만 그것이 인생 아닌가 생각됐다. 부인이 없는데도 깔끔한 차림으로 나들이를 하는 걸로 보아 큰자부의 성품이 보이는 듯했다.

남편의 지인 중 상처하였지만 재혼하지 않고 사는 사람들이 있다. 그들이 재혼을 하지 않는 이유도 역시 사람 관계가 복잡해지는 게 싫다는 거였다. 어중간한 나이에 상처를 했으니 왜 아니 다른 여자들을 만나 보지 않았겠는가. 부인을 두고도 튕겨나가지 못하는 남자들에게 상처는 일시적으로 해방감을 주었을 것이다. 새롭게 인생을 살고 싶다는 꿈을 안고 여인들을 만났지만 그녀들이 하는 돈 얘기에 환멸을 느꼈다는 거였다.

재산이 없는 노인들은 재혼을 쉽게 할 수도 없는 세태이다. 자식에게 물려줄 재산이 없는 사람은 오히려 자식들이 재혼을 원할 수도 있겠지만, 어느 정도 기반을 갖춘 사람의 재혼은 자식들과 재산 문제로 갈등하게 되고 부모 자식 간에 등을 지게도 된다.

세태가 이상하여 상처받은 남녀가 만나 인생의 황혼을 서로 의지하면서 뜻을 맞춰 편안한 삶을 영위하는 게 우선해야 함에도 남자 쪽은 노후를 편하게 살고 싶어 하고 여자 쪽은 안정된 노후 보장이 우선이니 웃어야 할지 울어야 할지 모르겠다. 뜻이 맞는 좋은 상대와 재혼하여 봄날 같은 노후를 보내는 이들은 정말로

복 받은 노년이라 할 수 있다.

　인생의 정답은 없는 듯하다. 우리 부부는 건강 관리 잘하여 자식들에게 의지하지 않고 해로하기를 기원한다.

의령남씨 뿌리교육에 다녀와서

나의 시댁은 의령 남씨이다. 올해의 의령 남씨 뿌리 교육은 지난 8월 19일, 삼관 남씨 중 맏형인 영양 남씨 단소가 있는 울진에서 있었다. 경향 각지에서 모인 종회 회원 40여 명이 버스 한 대로 울진을 향해 떠났다.

버스 안에서 회장단을 비롯한 각 종파 회장의 인사가 있었다. 뿌리회란 남자 종회원 뿐 아니라 남씨 딸들과 며느리들까지 포함하는데 서로서로 인사도 나누고 안부도 묻고 하니 더욱 화기애애하고 깊은 연대감까지 느껴졌다. 십시일반으로 음료수와 간식거리까지 알뜰히 챙겨 오신 분들 덕분에 일가들의 의미 있는 여행이 되었다.

중부고속도로에서 영동고속도로로 가다가, 다시 동해안의 해안도로를 따라 내려가는데 삼척에서부터 목백일홍 가로수길이 인상적이었다. 푸른 동해바다와 어울려 빨갛게 불타는 목백일홍꽃이 어찌나 황홀하던지. 산자수명(山紫水明)이라 했던가. 남쪽 지방의 가로수 길은 깊은 산과 물과 백일홍이 한데 어우러져 우리라는 한 뿌리의 뜨거운 마음을 대변하는 것 같아 감동스러웠다.

대종회 뿌리 교육을 통해 어린이나 청소년들까지 뿌리의 소중함과 조상에 대한 숭조사상을 고취하는 것이 소기의 목적이리라. 많은 젊은이들의 참여를 기대해서 여름 방학 때 실시하지만, 학업에 바쁜 그들의 참여를 기대하기에는 현실적으로 어려운 점이 있는가 보다. 뿌리 교육에 참석하면서 느끼는 점은 연배가 있는 분들의 애틋한 마음만 모아지는 것 같아서 아쉽다.

매해 우리 본관에 대한 뿌리 교육만 하다가 작년에 삼관 남씨 중 막내인 고성 남씨 설단이 있는 파주에 다녀왔고, 올해에는 장자인 영양 남씨 사당이 있는 울진으로 가면서 순서가 바뀐 데 대한 미안함이 담긴 회장님 인사 말씀이 있었다.

우리와 동행한 영양 남씨 대종회 남효식 사무처장의 자세한 뿌리 교육이 차 안에서 진지하게 이루어졌다. 남씨의 근원은 시조 영의공께서 서기 755년 신라 35대 경덕왕으로부터 남씨 성으로 사성을 받고, 영양을 식읍으로 받은 이후 그 세계(世系)를 알지 못하다가 약 500년이 지난 후, 고려 25대 충렬왕(1274~1308) 때에 이르러 그 후손들이 나라에 세운 공로로 분봉(分封)되어 영양,

의령, 고성으로 분파(分派)되었으나, 남씨는 모두가 시조 영의공 할아버지의 후손들이다.

오늘 참배하는 영양 남씨 관조 중대광공[諱 洪輔]은 정치적 군사적 분야에서 혁혁한 공을 세워 고려 중대광 도첨의찬성사 상의회의 도감사(重大匡 都僉議贊成事 商議會議 都監事) 벼슬을 하고, 1293년에 영양군(英陽君)으로 습봉(襲封)되어 영양 남씨 관조[1世]가 되었다.

그러나 아쉽게도 생몰 연대를 상고할 길이 없고 산소와 배위(配位)의 성씨(姓氏)까지도 실전되어 1977년 3월에 제단비와 설단을 세워 매년 음력 10월 2일에 제향을 올린다. 관조 이하 2~8세 까지 실전된 선조 10위(位)의 제단비를 2004년 5월 단소 앞, 좌우로 설단하여 같은 날 함께 제향을 올린다.

영양 남씨 대종회 남상수 회장님은 현지에서 우리 일행을 맞을 준비를 철저히 해놓고 환영해 주셨다. 이른 아침부터 서둘러 나섰지만 오후 1시가 조금 넘어서 도착하고 보니 백발이 성성한 어르신이 오전 11시부터 음식점에서 우리를 기다리셨다니 송구했다. 한학에 조예가 깊은 회장님은 우리를 환영하는 인사로 손수 한시를 지어서 읊어 주셨다. 어디 가서 그토록 격조 높은 분의 한시를 접할 수 있을까. 생존해 계신 남씨의 귀한 면을 접하고 융숭한 환대를 받으니 일가에 대한 소중함과 반가움이 더욱 깊이 느껴졌다.

지난번 의령 남씨 대종회 회장 취임식 때도 연로하신 회장님께서 먼 길을 오셔서 시 한 수로 멋진 축하를 해주셨는데 정말로 보물 같은 분이시다.

정성스럽게 차려 주신 시원한 물회 정식을 먹고 사당으로 향하는데 2시에 을지연습훈련 공습경보 사이렌이 울렸다. 차 안에서 꼼짝없이 발이 묶이게 되었다.

훈련이 계속되는 20분 동안 차 안에 앉아 있으면서 북한과 대치해 있는 상황에서 안보는 아무리 강조해도 넘침이 없다는 생각이 들었다. 그렇지 않아도 안보가 느슨해지고 자라나는 청소년들의 안보에 대한 개념이 해이해진 것 같아 걱정을 하면서 기꺼운 마음으로 기다렸다.

비록 맡은 일은 미미했지만 직장에 다닐 때 안보에 관한 일을 수행하던 때 생각이 났다. 1년에 한 번씩 을지훈련에 참여하면서 국가 위기상황에 처했을 때를 대비한 훈련을 통해 나라가 무엇인지, 안보가 얼마나 중요한지를 뼛속 깊이 느끼며 긴장 속에 지냈던 때가 어제 일처럼 떠올랐다.

7세 중랑장공[諱 永蕃] 할아버지와 9세 해운공[諱 季明] 할아버지와 11세 격암공[諱 師古]을 모신 상현사를 참배하면서 우리 조상님들의 자랑스러운 면면을 다시 읽을 수 있었다. 그 청렴결백하고 우국충절(憂國忠節)의 투철한 정신이 어찌 자랑스럽지 않을 수가 있으랴. 특히 면면히 이어져 내려오는 우리 조상님들의 높은 선비 정신의 덕에 우리는 어느 명문가 못지않은 올곧은 정신을 지닌 가문의 자손으로서 오늘날까지도 나라의 재목을 많이 배출하면서 우뚝 서 있는 것 같다.

특히 11세 격암공[諱 師固] 할아버지는 어렸을 때부터 대인의 기상(氣象)을 지녔고 성인이 되어서는 학문과 천문, 지리, 역학 등에 도통했다고 한다. 뿐만 아니라 하늘과 사람의 이치를 관통했고 성품이 고결하고 청렴결백했다고 한다. 봉래 양사언이 천지 음양조화의 오묘한 이치에 대해 듣고 '선생은 나의 스승'이라고 했고, 우주 자연법칙을 깊이 관찰하였기에 '해동의 강절' 또는 '여남(汝南)의 안자(晏子)'라고 일컬었다고 한다.

뿐만 아니라 임진왜란과 동서붕당, 풍신수길 탄생, 조식 선생 사망 등 그 외에도 많은 일을 예언했다고 한다. 그러면서도 공은 스스로를 낮추고 이름을 드러내지 않으려 했기에 自隱無名爲主(자은무명위주)로, 저술을 남기려 하지 않았다. 그럼에도 격암유록(格菴遺錄), 마상록(馬上錄), 남사고비결(南師古秘訣), 산수비록(山水秘錄), 유산록(遊山錄) 등의 저서들이 남아있다. 오늘날에는 그의 업적을 기려 군문화재로 지정, 관리되어 울진군을 찾는 많은 사람들의 교육의 장으로 활용되고 있음은 후손으로서 자랑스러운 일이다.

위대한 약속

좋은 집에서 말다툼보다 작은 집에 행복 느끼며
좋은 옷 입고 불편한 것보다 소박함에 살고 싶습니다.
비가 오거나 눈이 오거나 때론 그대가 아플 때도
약속한 대로 그대 곁에 남아서 끝까지 같이 살고 싶습니다.
위급한 순간에 내 편이 있다는 건 내겐 마음의 위안이고
평범한 것이 얼마나 소중한지 벼랑 끝에 서 보면 알아요.
하나도 모르면서 둘을 알려고 하면 믿음도 사랑도 떠나가죠.

김종환이 작사 작곡한 소박한 부부 사랑을 꿈꾸는 〈위대한 약속〉이라는 노래 가사다. 내가 남편과 처음으로 노래 교실에 가서 이 노래를 들었을 때 신선한 감동을 받았다. 좋아하는 일을 부부가 함께할 수 있다는 것은 얼마나 큰 기쁨인가. 우리가 꿈꾸며 바란

어여쁜 모습이 가사에 오롯이 담겨 있다.

맞벌이 부부로 개미처럼 사는 동안 나만 행복한 줄 알고 살았다. 둘이 다 퇴직하면 나를 옆에 태우고 내가 좋아하는 산사에 데리고 다니겠다는 남편의 약속을 철석같이 믿었다. 그런데 내가 퇴직하고 삼 년 후에 정년퇴직을 한 남편은 나와의 약속은 까맣게 잊고 자기 취미에만 빠졌다. 등산과 탁구, 사물놀이까지 하느라 하루해가 모자랐다. 그런 그이의 생활이 부럽기도 해서 나도 탁구를 함께 쳤으면 좋겠다고 했더니 다른 데 가서 배우라는 말로 마음을 다치게 했다. 간절히 원해도 하지 못한 일은 두고두고 아쉬움이 남는다. 몇 년이 흐른 후 그이는 내가 딱해 보였는지 나의 탁구 코치를 자처했지만, 건강상 스스로 포기를 하고 나서야 서운한 마음이 가셨다.

자신감 하나로 사는 남편이 어느 순간, 상처(喪妻)를 한 친구의 상심이 안쓰럽다고 했다. 그리고 투병 생활을 하다 하나 둘 떠나가는 친구들을 보며 상처를 받는가 보다. 이런 일들이 남의 일로 그치지 않는다는 것을 뒤늦게 깨달았을까. 어느 날, 남편이 결심을 했는지 "둘이 할 수 있는 일은 노래 교실에 다니는 일밖에 없으니 함께 하자."고 했다. 남편은 인생이 녹아 있는 트로트 가요를 즐겨듣고, 나는 가곡이나 조용한 음악을 좋아한다. 같이 노래 교실에 다녀서일까. 함께 듣는 트로트 가사도 가슴에 와 닿는다.

그이는 노래를 들을 때마다 이건 시(詩)라며 감탄을 한다.

남편 말마따나 자기는 직책상 최고 지위부터 밑바닥 사람들까지 상대해야 했으니 인생의 폭이 넓지만, 나는 밀폐된 공간에서 한정된 일만 했으니 마음은 여리고 세상물정에 밝지 못하다.

처음에 노래 교실에 갔더니 남편은 남자 하나뿐인 청일점이었다. 우리의 전후 사정을 모르는 사람들은 부부가 함께 다니는 모습을 부러워했다. 그동안 우리 부부도 여느 사람들처럼 일정한 갈등기를 겪고 나서야 함께 노래 공부를 시작했다고 하니 그제서야 이해가 가는지 고개를 끄덕였다.

사람은 달라도 결혼 생활을 하는 모습은 거기서 거기가 아닐까. 나도 한때는 남편의 탁구 동호인 중에 함께 탁구 교실에 다니는 부부를 멋모르고 부러워한 적이 있다. 그들 부부도 처음부터 취미 활동을 함께한 게 아니라 부인이 오랫동안 아픈 후 병석에서 털고 일어난 후에야 같이 하게 됐다고 했다. 부부가 함께 취미 생활을 하는 데도 그들만의 고충이 있기도 하다. 그렇듯이 쉽게 남을 부러워하거나 남이 하는 일이 좋아 보인다고 나도 따라 할 일이 아닌 듯하다.

세상의 모든 일이나 사물에는 그만의 존재 이유가 있는 것이 아닐까. 오늘도 롯데백화점 본점에서 수필 공부가 끝나자마자 부리나케 노래교실이 있는 강의실로 달려간다.

운동할 때 남편은 유쾌하게 웃고 그들과 농담도 잘하는데 노래 교실에서는 나를 위하여 봉사를 한다고 생각하는지 별로 신나는 기색이 없다. 나는 부담스러워 재미없으면 억지로 할 필요는 없다고 말한다.

남편은 노래 공부가 끝나면 열심히 의자들을 치운다. 기다려지는 탁구 시간이라서 그런가. 설마 남편에게 노래 시간이 탁구 시간을 위한 간이역쯤으로 생각하는 것은 아니겠지.

사물놀이 경연을 마치고 팀원들과

Chapter

5

내 마음의 여울

친정어머니께

어머니!

봄인 듯 겨울인 듯 종잡을 수 없는 날씨입니다. 엊그제는 때 아닌 우박까지 내리더니 오늘은 화창한 봄 햇볕이 뜰에 가득합니다. 하얀 민들레처럼 땅에 엎드려 이쪽저쪽으로 꽃들을 옮겨 심으시는 어머니의 모습이 뜰 안 가득합니다.

어머니께서 며칠 전에 손수 뿌린 상추와 쑥갓 등 푸성귀들이 이제 막 싹이 올라와 아가의 이처럼 푸른 떡잎이 오소소 땅 위로 솟아 있고요. 채소를 가꾸시는 어머니를 창 너머로 바라보는 마음이 따사롭습니다.

어머니, 얼마 전 깊은 바다 속 천안함에 수장되었던 장병들 시신이 들것에 실려 나올 때마다 TV를 보시며 한없이 눈물을 훔치시던 어머니의 마음도 모처럼 평온을 되찾은 듯합니다. 차디찬

물속에 갇혀서 싸늘한 주검이 되어 돌아온, 자식을 잃은 어머니의 마음이 어떨지 가늠이 됩니다. 앞으로 살아계실 날이 많지 않은 구순의 어머니를 포함한, 이 땅의 어머니들이면 함께 느낄 슬픔은 그만하고 안식만 있었으면 하는 간절한 바람입니다.

서너 달 전, 어머니께서 쓰러지기 전까지 어머니는 절에서 참선과 궂은일도 앞장서서 하시는 참된 수행자의 자세로 지내셨어요. 어머니의 신심에 감동을 받은 신도들은 어머니를 흠모하며 따른다지요. 어머니께서는 혼자 몸으로 저희 사 남매를 키워 내시고, 또 제 아이들 삼 남매를 위해 민들레처럼 강인하게 헌신하셨어요. 이제는 편히 모시려는 제 바람과는 달리 저에게 짐이 되기 싫다는 어머니의 뜻을 꺾지도 못하고 어머니의 큰딸로, 저는 하루하루 살얼음판을 걷는 심정으로 살고 있었답니다.

그날 어머니가 갑자기 쓰러져 119에 실려 병원으로 가고 있다는 소식은 청천벽력이었습니다. 알 수 없는 것이 노인의 건강이라더니, 저뿐 아니라 많은 사람들의 놀라움이 컸습니다. 그때 저는 얼마나 참담하고 부끄러웠는지요. 정말 쥐구멍이라도 있으면 들어가고 싶었습니다. 저는 그때 '정말 올 것이 왔구나.' 싶은 마음에 첫 번째는 어머니가 불쌍해서 울었고, 두 번째는 '이제 내 인생도 끝이구나.' 싶어서 또 울었습니다. 어머니가 돌아가시지 않으면, 남은 삶을 장애를 안고 사실 것이기 때문입니다. 옆에 있던 아범이나 운전하는 선우도 침통한 표정인 채 아무 말도 못했어요.

그런데 기적처럼 깨어나신 어머니는 딸이 걱정하니 빨리 전화를 걸어 주라고 하셨다죠? 이 불효딸의 걱정이 무슨 대수라고 어머니는 저만 생각하셨는지요.

어머니의 과분한 사랑에 가슴이 저렸습니다. 사람 사이에는 어려운 일을 당해 봐야 그 사람의 진심을 알 수 있다는 말이 맞는 말인가 봐요. 입원치료가 끝난 후 이제야말로 어머니를 모실 기회여서 집에 가시자고 하니 다시 절로 가고 싶다 하셨지만 어머니를 집으로 모시고 왔지요. 33~34kg의 몸으로 집 떠나 사시기가 만만했겠어요.

어머니, 저는 어머니가 꼭 좋아서 절에 계신 것은 아니라는 걸 잘 압니다. 아들이 있어도 딸에게 의탁해서 사는 사람이 어머니뿐은 아니잖아요. 저는 평생을 어머니의 그늘에 의지해 살고 있는데 만약 어머니가 깨어나지 못하고 돌아가셨다면 제가 얼마나 한이 맺혔겠어요. 어머니가 잘 아시다시피 저는 종부로 약 한 첩써 보지 못하고 시어른들을 떠나보낸 아픔이 있잖아요. 어머니마저 그렇게 돌아가시면 저의 불효의 한(恨)을 어떻게 감당하겠어요.

어머니! 저를 후회를 덜 하는 자식으로 남게 해주셔서 고맙습니다. 이제 어머니가 잡수시고 싶은 것 골고루 해 드리고, 가시고 싶은 곳 모시고 다니며 성심성의껏 보살펴 드리고 싶은 마음뿐입니다. 때로는 어머니 뜻을 거슬러서 죄송해요. 안 그래야지 하면서도 저도 제 마음을 마음대로 할 수 없어 안타깝네요.

아홉 식구가 함께 살면서 어떻게 갠 날만 있겠습니까. 주고받은 상처가 있지만 모든 것 잊고 이제라도 평안한 노후를 보내십시오.

이대로 저와 함께 평온하게 사시다가 지금처럼 꽃이 만발한 어느 멋진 봄날에 꽃상여 타고 먼 길 떠나시는 어머니를 전송하는 날을 꿈꾸어 봅니다. 최선을 다한 어머니의 빛나는 삶이 존경스럽고, 저 또한 어머니께 최선을 다한 딸로 남고 싶습니다.

어머니, 어머니는 제 가슴속에 인고의 삶을 사신 하얀 민들레로 남아 있을 것입니다. 밟고 밟아도 또 다시 피어나는 하얀 민들레로요. 어머니는 저에게 강인한 의지로 이겨 내신 인고의 삶, 검약과 절제의 삶을 몸으로 보여 주셨어요. 저는 어머니의 딸로 태어난 것을 자랑스럽게 생각합니다.

어머니, 지금처럼 온유하고 강건하게 사시길 간절히 바라면서 오늘은 이만 줄이겠습니다.

2010년 4월 25일 햇살 가득한 날에
어머니의 믿음직한 딸 드림

사랑하는 당신(1)
– 이모작 인생을 사는 남편에게

여보!

오늘 아침 학생들과 〈메밀꽃 필 무렵〉의 무대인 평창 봉평의 이효석 문학관엘 가는 당신을 배웅하고 돌아서면서 많은 생각이 오갑니다. 밤새 여름 장맛비처럼 쏟아지는 빗속을 뚫고 어떻게 다녀올까 염려도 되고요. 교육청에서 많은 경비를 쓰면서 하는 현장학습이니만큼 모두의 가슴속에 보람을 하나 가득 담고 왔으면 좋겠어요.

언제나 주어진 일에 성심과 최선을 다하는 당신, 50대에 파출소 소장으로 바쁜 업무에 시달리면서도 야간대학을 다니느라 고혈압까지 생긴 당신이 정년퇴직한 지 올해로 9년째가 되었습니다. 처음 3년 동안 당신은 사물놀이와 탁구, 볼링과 등산 등 취미 생활을 생의 마지막 순간처럼 했지요. 나는 그때 열정으로 뭉쳐진 당신을 시샘 반 부러움 반으로 바라보았는데 지나고 보니 참 멋진 삶이었다는 생각이 드네요.

그 후 5년째, 당신은 시행 초기부터 지금까지 한 중학교에서 배움터 지킴이 봉사자로 혼신을 다해 이모작 인생을 알차게 살고 있네요. 비가 오나 눈이 오나 학생들의 안전을 위하여 학교 앞 횡단보도에서 등교 지도를 하고 있지요. 자동차가 뿜어내는 매연에도 아랑곳하지 않고 열심을 다하는 당신이 안타까워 교장선생님의 만류에도 당신은 신념대로 하던 일을 하신다지요.

쉬는 시간마다 4층까지 오르내리느라 힘이 부친다고 하면서도 충실히 소임을 다하네요. 후미진 학교 주변의 쓰레기와 담배꽁초를 주워서 동네 분들에게 칭찬을 받는 일도 당신이 하는 일 중의 하나라지요.

당신은 인생의 선배로서 학생들의 인성과 예절교육 등에도 남다른 관심을 보여 왔습니다. 말보다는 몸소 실천을 보여서 학생들은 당신이 쉬는 시간에 각 교실을 도는 기척을 느끼면 창틀이나 책상 위에 아무렇게나 앉아 있다가도 얼른 자세를 고쳐 앉는다면서요. 학생들이 담임선생님도 무서워하지 않는 세상인데 당신을 좋아하면서도 어려워한다네요.

선생님들 또한 그런 당신을 보면서 복도에 떨어진 휴지를 손수 줍거나 다른 학생들에게 치우게 하신다면서요. 젊은 선생님들도 당신을 보면서 몸가짐을 한 번 더 돌아본다니 몸소 실천하는 참교육의 모습을 보는 듯합니다.

　당신이 만나는 학생들 중에 지각을 하거나 골목에서 담배를 피우고 비행을 저지르는 학생답지 못한 청소년들에게도 당신은 손자손녀를 대하듯 다독이고 격려하면서 사랑으로 대하신다면서요. 모든 생물이 성숙하기 위해선 환경이 중요한 것인데 부모의 이혼 등으로 부모로부터 버림을 받거나 외짝부모 혹은 조손가정에서 자란 아이들이 문제를 일으키는 일이 많다고 해요. 할아버지 마음으로 손자손녀를 대하듯 그 애들을 감싸 주고 보살펴 주는 것이 본분이라는 당신이 자랑스럽습니다. 청소년들의 애로 사항을 들어주고 배고픈 아이들을 길에서 만나면 김밥이나 떡볶이를 사 주면서 그 애들의 친구가 되려는 당신의 마음을 알기에 자애로운 할아버지를 대하듯 가까이 한다죠.

　당신이 33년 동안 경찰직을 수행하면서 얻은 교훈은 사람을 좋은 면으로 변하게 하는 것은 처벌이 아니라 사랑과 관심이라고 했지요. 당신이 평생직장에서 얻은 귀한 경험을 학생들에게도 나누어 주며 은퇴 이후의 삶을 멋지게 살고 있으니 바라보는 저도 보람을 느껴요.

　평소에 과묵했던 당신이 확실히 바뀌었어요. 자녀가 학교에서 있었던 일을 어머니에게 하듯이 조곤조곤 들려주는 당신의 하루 이야기를 듣는 재미가 쏠쏠하답니다. 오늘은 또 어떤 이야기를 가슴에 담고 올까 하는 기대를 한답니다.

선생님들도 모르는 대장간의 풀무 이야기를 들려주실까, 아니면 물레방앗간의 사랑 이야기를 들려주실까, 그도 아니면 그 옛날 달빛에 하얀 소금밭처럼 펼쳐졌을 메밀밭에 펼쳐진 낭만적인 이야기를 들려주지는 않을까 하고요.

학생들과 어깨동무를 하고 환하게 웃고 있는 만년 소년의 모습이 그려집니다. 인생에 모든 경험은 한 번밖에 없다고 하네요. 오래오래 지금처럼 멋진 모습으로 제 곁에 머물러 있기를 바랍니다. 푸른 꿈을 꾸는 영원한 청년의 모습으로요.

2010년 9월의 어느 멋진 날에

당신의 아내 올림

사랑하는 당신(2)
- 고맙고 미안합니다

여보! 정신이 흐리신 나의 어머니를 맡아서 아침마다 데이케어 센터에 보내 주고 저녁에 맞아 주어서 감사합니다.

늘 모녀가 티격태격하니 내가 친정어머니로 인해 마음을 다칠까, 또 노모의 심기 건드릴까 노심초사하니 죄스럽기만 합니다.

가슴이 답답하다고 통증을 호소했는데 우리 모녀로 인해 마음고생이 심해서일 겁니다. 결국 스트레스성 위장 장애를 일으키고 그게 발전하여 역류성 식도염이라는 병까지 얻었군요. 어머니와 저로 인해 당신의 가슴속에 병이 생겼다고 생각하니 가슴이 철렁하고 어찌나 미안하고 가슴이 아팠는지 모릅니다.

우리가 맞벌이 부부라는 이유로 젊은 시절부터 당신은 내 친정 동생들이 제 길 갈 때까지 긴 세월을 함께 지냈지요. 그러고도 평생 장모를 모셨으니 당신의 말 못할 인내와 고통은 능히 헤아리고도 남습니다. 어머니의 밑도 끝도 없는 공치사와 억지, 막말은

'말하는 벙어리'인 당신도 참기 어려우셨을 겁니다.

여보, 정말 미안합니다. 장모를 구십이 넘도록 모시는 일이 어디 쉬운 일입니까. 그런 사위는 흔하지 않습니다. 내가 아무리 어머니와 갈등하고 불화하면서 불효를 저질러도 당신 덕에 친구로부터 이 시대의 효녀라는 칭호를 받았습니다.

모든 면에 허물투성이인 나를 항상 안쓰럽게 여기며 아껴 주는 당신의 고마움을 필설로는 다할 수 없을 것 같습니다.

어제는 내가 바쁘다는 핑계로 온종일 식사 한 끼도 챙기지 못해 정말 미안했어요. 미안해하는 나에게 저녁 모임까지 다녀오라고 해주니 얼마나 고마웠는지요. 나의 수호천사는 당신입니다.

나의 건강을 챙기는 일이라면 당신은 어떤 일도 감수할 것이라면서 건강하게만 살아 달라는 당신의 부탁에 행복했습니다. 그러나 저는 그 감사함과 행복함을 표현 못하는 바보입니다.

이제 황혼의 인생을 살고 있는 우리가 언제까지 부부의 삶을 이어갈 수 있을까요. 나에게나 장모인 친정어머니께 항상 최선을 다하는 당신께 감사함뿐입니다.

나의 든든한 기둥인 당신, 오래오래 건강하셔서 나를 지켜 주십시오. 사랑합니다.

2014년 7월 8일

부족한 당신의 아내가

결혼하는 둘째부부에게

온 천지에 꽃들이 만발하고 기다리던 단비가 촉촉이 내리는 봄
날이구나. 한 동네에서 나고 자란 너희들이 인품이 고매하신 주례
선생님의 금과옥조같은 귀한 말씀에 따라 마음을 모은 여러 어르
신들의 축하를 받으며 결혼하게 된 것을 기쁘게 생각한다.

선우야. 개혼이 중매장이라는 말이 있듯이 네 형이 좋은 가문에
서 자란 지혜롭고 현명한 형수를 맞이하였고, 네 동생 연서는 부
모님께 효성이 지극한 착하고 어진 남편에게 시집을 갔고, 이어서
너 또한 반듯한 집안의 결 고운 심성의 선욱이를 평생의 베필로
맞이했으니, 좀 늦긴 했지만 탁월한 너의 선택이 고맙고 마음 든
든하다.

오랜 세월 모임 친구로 만난 양가 어머니가 사돈이 된 것은 특
별한 인연이며 하늘의 뜻일 듯 싶다. 예로부터 동네 결혼은 삼대

가 덕을 쌓아야 가능하다고 하니 그만큼 어렵고도 조심스러운 관계가 아닐까.

47년 전, 나는 신참 공무원이 되어 장위동에서 새로 이사해서 살았다. 네 시아버지도 직종은 다르지만 나와 같은 공무원으로 한 동네에서 살았는데 우리 둘을 눈여겨 본 동네사람의 중매로 결혼까지 이어졌단다. 너희도 우리 부부 뒤를 이어 동네 결혼을 했구나. 이 귀한 인연을 어떻게 말로 설명을 해야 하나 싶구나. 그때 우리는 가난한 집 장남 장녀라는 이유와, 우리 힘으로 살겠다는 이유 같지 않은 이유가 서로를 끄는 힘이 되었단다. 맨주먹으로 시작해서 열심히 살아온 결과인 양 오늘 너희의 결혼이 이루어졌구나. 아흔넷인 너의 시외조모님이 우리 부부의 평생을 지켜보았단다.

너희 결혼식을 위하여 이렇듯 많은 친지분들이 참석을 하여 축하해 주셨으니 아마도 오늘이 내 인생의 절정이요, 결실이 아닌가 싶구나. 주례선생님의 귀한 말씀을 가슴속에 잘 새겨서 친척분들과 친지분들에게 귀감이 되기를 바란다.

나의 둘째며늘아기 선욱아! 결혼을 앞두고 네가 우리와 자주 어울리면서 어른들은 물론 삼둥이를 포함한 네 명의 조카들까지 아낌없는 사랑을 받고 있으니 너의 따뜻한 품성을 아이들이 알아

본 거지. 원래 아이 손님이 어렵다는 말이 있잖니. 네가 어렸을 적에 공직에 계신 아버님께서 맞벌이 주부로 동동거리셨을 어머니를 대신해 아침이면 머리도 빗겨주고 챙겨주셨다는 말씀을 듣고 가슴이 뭉클했어. 나에게도 어머니로 어린 네 남편 형제들을 제대로 돌봐주지 못한데 대한 미안함과 아픈 기억이 있거든. 비슷한 환경에서 자란 너희들이니 서로 이해하고 오누이처럼 오순도순 살았으면 해. 선우가 눈치 없이 자라는 동안 내 곁을 떠난 적이 없어 모자라는 점이 있더라도, 네가 넓은 아량으로 다독여 주고 일깨워 주었으면 해. 우리 집 남자들이 표현은 못해도 마음하나는 진국이란다.

혹여 의사소통이 안 될 때는 한 발 양보하고, 대접 받기 전에 내가 저 사람을 위해 해줄 일이 무엇인지 먼저 생각해 주면 원만하고 행복한 결혼 생활이 될 거야. 내가 너의 시아버지로부터 들은 말로 기억에 남는 말은 정년 퇴임식장에서 '당신 덕분에 직장에서 하고 싶은 말 하면서 소임을 다 했어.' 라는 한마디이었지.

너희도 함께 직장 생활을 하는 만큼 상대방이 밖에 나가서 당당하고 떳떳하게 처신할 수 있게 살펴주고 배려해 주는 것은 서로의 몫이라고 생각한다. 길고 긴 인생 행로에 사는 날까지 초심(初心)을 잃지 않기를 바라며, 자리이타(自利利他)정신으로 살면 그것은 결국 나를 위하는 일임을 알게 될 것이다.

끝으로 서로가 양가에서 존중받고 소중한 사위와 며느리로 살았으면 좋겠어. 자녀 교육에 있어서는 말에 앞서 행(行)함으로 본(本)을 보여 주면 되겠지. 자녀는 부모의 얼굴이고, 부모는 자식의 거울임을 명심(銘心)하고, 행복하게 살기 바란다.

2015년 4월 19일, 음력 3월 초하룻날에

어머니가

며느리 선욱에게

선욱아!

2016년 새해가 되고 벌써 일월이 다 지나가고 있구나. 그러고 보니 네가 우리 가족이 된 지 어느덧 열 달이 되어가고 있구나. 세월이 참 빠르지?

네가 보내준 글 감동스럽게 잘 보았다. 집안살림에 바쁜 직장생활까지 하느라 얼마나 힘들까 싶은데 정성스럽게 편지까지 해주니 고맙기 한이 없네.

너는 그랬구나. 네가 집에 있는데 저녁때 네 남편 선우가 퇴근하는 걸 보고 기분이 묘했다는 말 들으며 불현듯 나의 신부였을 때 생각이 났다. 결혼하고 첫날 신혼여행지에서 아침상을 받고 어찌나 부끄럽던지. 그러고 나서 월급날에 너의 아버님께 첫 월급봉투를 받으며 과연 내가 이 사람의 노고의 대가를 받아도 되나 싶었던 생각말이다.

많은 가족과 함께 살면서 아옹다옹하다 보니 어느 사이 칠순이 되었고, 한생이 눈 깜짝할 사이에 지나갔구나. 이제야 서로 소중함도 느끼며 편안한 노후를 보내고 싶었는데 서로 병치레를 하고 있구나.

그럼에도 지금 나는 행복하다. 지금 우리 사회에는 자식들 결혼을 시키지 못해 애면글면 하는 부모들이 참 많거든. 너희가 결혼하기 전까지는 나도 그랬었으니까. 그런데 너희가 결혼해서 잘 살고 있는 지금. 나는 마음이 안온해.

어제 네 형님네 집에 온가족이 모였을 때 네 조카 셋이 네 주위를 감싸고 앉았던 생각이 나서 웃음이 나네. 한 놈은 네 무릎에 앉아 있었고. 또 한 애는 너의 목을 감싸고 있는데 또 다른 애는 네 옆에 바싹 붙어 앉아서 네 팔을 잡고 있는 세 꼬마 그림이 어찌나 어여쁘던지. 할머니인 내가 오라고 해도 고개를 이리 돌리고 저리 돌리고 해서 제 엄마나 내가 민망할 때가 있는데, 너에게는 어쩜 제 엄마가 질투날 정도로 잘 따르니 더 바랄 무엇이 있겠니. 처음에 기헌이와 기환이만 네 옆에 맴도는 걸 보며 기웅이에게 제 엄마가 "너는 숙모가 안 좋아?" 하고 물었을 때 자기도 숙모를 좋아하는데 다른 애들이 다 숙모 옆에 달라 붙어 있으니 저는 숙모를 차지할 엄두를 내지 못했다는 말을 듣고, 너도 숙모 옆에 가도 된다고 하니 그때부터 용기를 냈다는 말을 들으며 어린 나이지만 사려 깊은 마음이 참으로 사랑스러웠다. 네가 진정한 가족이라는 느낌이 절절해. 아이들 보는 눈이 정확하니까.

나의 친구들이 왜 너를 강력히 나의 며느리감으로 추천을 했는지 알겠구나. 아마도 진심을 다하는 너의 따뜻한 마음과 사려깊음을 그 분들이 일찍이 알아본 거지. 너는 너대로 화목한 우리 집 분위기가 결혼을 결심하게 한 또 다른 이유였다는 말을 듣고 마음으로 기뻤단다. 나도 화목을 행복하게 사는 첫 번째 덕목으로 꼽으며 그렇게 생활하려고 노력하거든. 절대로 불화한 집안에 희망이 없다는 것이 나의 철학이야. 부모의 언행이 자녀들에게 그림자가 되는 것이니까.

선욱아. 모든 일에 너무 잘하려고 하지 말고 보통 때 대로 네가 할 수 있는 만큼만 하면서 살자. 나도 그렇게 살아왔고, 그렇게 자연스럽게 사는 것이 순리라고 생각하거든. 편하게 생각하고 행복하게 살자.

2016년 1월 25일

어머니가

딸 연서에게(1)

　사랑하는 나의 딸 연서야.

　올해처럼 더운 해는 없었지? 그래도 날이 새기가 무섭게 울어
대던 매미의 울음소리도 잦아들고, 밤이면 풀벌레 소리가 요란한
걸 보니 무더위 속에서도 어느덧 가을은 준비되고 있었구나. 조금
있으면 추석이 온다니 세월이 참 빠르다.

　매스컴에선 광복 60주년을 맞이했다고. 60년 전 그해처럼 한반
도가 뜨겁게 달아올랐다고 목청을 돋우고 있구나. 청년, 장년 하
던 때가 엊그제 같더니 어느 사이 우리나라가 해방된 후 환갑이
되었어.

　그런데 성장 가운데에서도 아직도 계속되는 혼돈과 갈등은 언
제쯤이나 끝이 나려는지. 얼마나 더 있어야 경제가 안정되고 청년
실업이 줄어들려는지. 대학을 졸업하고도 아직도 학교 도서관에

서 공부를 하고 있는 너의 작은오빠나, 입학하여 다니던 대학을 그만 두고 재수까지 해서 원하는 학과에 들어가서 기뻐하던 네 생각도 나는구나. 졸업하고 취직한 영화사에서 고생한 보람도 없이 제작한 영화가 엎어지는 바람에 퇴사하고 공부를 더 하겠다고 미국으로 공부를 더하겠다고 떠난 널 생각하면 가슴이 저리다.

환갑이 가까운 나도 때로는 후회 속에, 끊임없는 갈등 속에 살아가고 있지만, 멀쩡한 청년들이 일자리를 찾지 못해 방황하는 걸 보면 정말 마음이 졸아드는구나.

너를 낳아 키우기 26년, 시집을 가는 것으로 내 곁을 떠날 걸로만 알았단다. 그런데 공부하려고 먼 나라로 떠나버리다니, 50대의 마지막 해를 보내기가 수월치 않은데 너마저 옆에 없으니 마음의 지기를 잃은 듯 허전하기만 하다. 불행은 겹쳐 온다더니 슬픔도 함께 오는 게 아닐까. 그래도 희망이 있는 슬픔이라고 자위를 하면서 견디려고 한다.

새벽에 잠이 깨어 네 방 문을 열어 본다. 너를 키우며 수없이 열었던 네 방 문이다. 너의 귀가가 늦어지면 밖으로 시선을 고정시킨 채 안절부절못했단다. "엄마, 나왔어!" 하는 소리를 듣고나서야 비로소 마음이 놓였어. 그러고도 자리에 누운 나의 보물 네 모습을 확인하고서야 잠이 들 수 있었단다. 지금 너는 간 곳 없고 잘 정돈된 네 방이 텅 빈 채 나를 맞이하는구나.

네 방을 치우지 않는다고 야단을 치기도 했는데…. 이제는 그것도 부질없는 짓이었다. 네가 없는 지금, 네 방은 날이 어두워도 불이 켜질 줄 모르고, 함박 웃는 네 모습만 환영으로 볼 뿐이다. 어느 낯선 곳에서 저녁을 맞이하고 있겠구나.

거실에 있는 장미꽃 다발을 들여다보고 네 정성이 담긴 엄마의 머리를 만져본다. 네가 꽂아놓고 떠난 장미꽃다발에 물을 갈아주고 얼음과 아스피린까지 넣어주면서 너를 보듯 조금이라도 더 오래 내 옆에 두려는 엄마 마음을 짐작하겠니?

너는 미국으로 떠나기에 앞서 나를 억지로 네 단골 미용실에 데려가서 값비싼 파마를 해주고, 떠나기 전날에는 엄마에게 한아름 장미꽃 다발까지 선사했지. 비싼 장미를 어떻게 사 왔느냐는 엄마의 투정에 "이제까지 엄마는 아빠나 우리들에게서 장미꽃 한 번 받은 적 없잖아."라고 해서 엄마를 감동케 했지.

엄마는 늘 바빠서 엄마 자신을 치장할 겨를 없이 젊은 시절을 보내버렸구나. 그런데 네 아빠가 엄마를 사랑하지 않아서 그런 건 아니고 표현을 못할 뿐이란 걸 알아다오. 갈수록 친구가 되어주는 보석 같은 우리 딸, 네가 있으니 엄마는 진정 행복하다. 연서야.

지금까지 고삐 풀린 망아지처럼 자유롭게 살던 네가 언어도 잘 통하지 않는 나라에서 한 번도 접해보지 않은 일을 하려면 얼마나 애로가 많을까. 허지만 지금 겪는 어려움이 이다음 네가 사는 인생에 큰 밑거름이 되리라는 것을 엄마는 확신한다. 세상엔 공짜가 없는 거니까 노력한 만큼 얻는 수확도 클 거다.

　우리 연서가 그곳 생활에 적응을 잘하고 있다고 엄마를 안심시켜주니 그저 감사할 뿐이다.

　창문 앞에 걸린 초승달을 바라보며 너희들이 하고자 하는 일 이루어지게 해 달라고 달님께 빌어 본다.

　건강하게 잘 지내거라 나의 딸 연서야.

2005 9월에

너를 그리는 엄마가

딸 연서에게(2)

　오늘이 2010년의 성탄절이다. 매서운 추위가 칼바람 끝처럼 차다.

　조금 전까지 너의 오빠네 집에서 느꼈던 따스한 온기를 안고 집으로 돌아오는 길이다. 퇴근하는 네 오빠가 케이크 한 상자를 들고 집에 들어섰을 때 집안은 축제의 장이었다. 아무 것도 모를 것 같은 아이들이 지르는 탄성에서 사랑의 힘을 보았다. 사랑은 느낌으로 전해지는 것이 아닐까. 그 속에서 나는 네 오빠 내외의 가족을 향한 말없는 헌신을 느꼈다. 아무리 현실이 고달파도 가족은 살아가는 힘이고 희망이라는 생각을 했어. 사랑으로 뭉쳐진 가족의 결집된 힘은 매서운 바람도 이겨내는 커다란 원동력이 된다는 생각이다.

　한동안 힘에 부쳐 다니지 못하던 북서울 꿈의 숲으로 갔다. 역시 예전 같지 않은 힘듦을 느꼈지. 달도 없는 밤길을 별 하나를 벗 삼아 집에 오는 길이 오롯이 내 안의 나와 정면으로 마주선 것 같았다. 나뭇잎을 모두 떨궈 낸 앙상한 나무는 가지마다 바람 따라 흔들리면서 하늘로 높이 높이 손을 뻗고 있었다. 아기가 무언가를 잡으려고 있는 힘을 다해 손을 뻗는 것처럼, 홀로선 나무는 하늘을 향해 온몸으로 염원을 하더구나. 홀로 가는 산길이 호젓해서 좋기도 하지만, 두렵기도 하더라. 이럴 때 제일 무서운 것이 정체모를 사람을 만나는 일이리라.

어디서 탁탁 불똥 튀는 소리 같기도 하고, 낫으로 나뭇가지를 치는 것 같은 소리가 나를 긴장시켰다. 가진 것이 없어도 왠지 긴장이 되더라. 두려움을 안고 가까이 가보니 청년 둘이서 폭죽을 터뜨리는 소리였다. 그제야 안도를 했단다. 그들이 쏘아올린 불화살은 어떤 희망을 담고 높은 하늘로 사라졌을까. 한 미술작가의 트리작품으로 사람들의 새해 염원을 담은 글들이 작은 전구가 달린 패트병 안에서 환히 웃고 있구나. 까만 시공을 향해서도 사람들은 저마다 희망을 얘기하고 있었다.

새로 개장된 눈썰매장엔 어른들과 아이들이 한데 어울려 신나게 눈썰매를 타고 있네. 네가 지금 여기에 있었다면 우리도 그들처럼 온가족이 함께 신나는 시간을 보낼 수 있으련만 지금은 마음 속에서만 머물 뿐 함께 탈 사람이 없구나. 네 조카와 타고 싶지만 그애가 제 부모 젖혀놓고 나와 타고 싶겠니? 그렇다고 모험 싫어하는 네 아빠가 함께 타겠니. 하고 싶은 일을 함께 할 사람이 곁에 없어 가슴속에 가두어 두어야 하는 마음이 쓸쓸하다. 너는 언제나 집안을 환하게 만드는 윤활유 같은 존재였는데 막상 곁에 없으니 집안이 썰렁하다. 한 사람의 숨은 힘이 크구나.

드넓은 청운답원 잔디밭엔 지난여름 불탔던 축제의 함성도 사라지고, 꽁꽁 언 월영지와 애월정만 졸 듯이 한가롭고 잔잔하다. 그 속을 유유히 헤엄치던 오리와 물고기 떼는 모두 어디로 갔을까. 힘차게 쏟아지던 월광폭포도 잠이 들고, 수변 무대 위에서 감미롭게 들리던 가수의 목소리도 사라진 지금 찬바람만 가득하다.

대숲에 둘러싸인 창녕위궁재사의 정갈한 모습에서, 일제강점기 풍전등화 같은 나라가 위급상황일 때, 자신을 향한 회유를 우국충정의 애국심으로 자결한 순조의 딸인 복온공주 손자의 혼도 칼바람 속에 숨어 있을 것 같다. 충절이 서린 곳이어서 느끼는 의미가 더욱 크다. 공주릉에서 드림랜드로, 그리고 지금은 '북서울 꿈의 숲'으로 바뀐 산을 보니 감회가 새롭다.

너의 큰오빠 어릴 적이다. 여름날 단칸방 찌는 듯한 더위를 피해 공주릉에 갔었다. 아빠와 바위 위에 너의 큰오빠를 안고 앉아서 집 없는 설움을 새기던 생각에 눈가에 이슬이 맺히는구나. 그런데 지난 시절 아픔도 지금은 아련한 추억이 되어 그립기만 하니 참 이상도 하다. 고통스럽던 순간이 사람에게는 뼛속에 사무치는 모양이다. 지난한 아픔이 오늘을 살아가는데 약이 된 것이 아닐까. 고통을 이겨내고 살아온 나를 지켜 본 북서울 꿈의 숲이 그래서 나에겐 더욱 소중한 것 같구나.

찬바람이 부는 언덕을 가난이 묻어나는 연인 한 쌍이 손을 잡고 지나간다. 그들이 말하지 않아도 쌓인 연륜이 삶의 무게를 미루어 짐작하게 된다. 아마 그들은 희망을 이야기할 것이다. 희망이 없다면 무엇이 그들로 하여금 칼바람이 부는 언덕 위의 가난한 데이트를 기꺼이 허락할 것인가. 훈훈한 바람이 나의 가슴속에도 따스하게 전해진다.

한파가 몰아치는 한겨울에 인생의 명징한 해답이 보이는 이유가 무얼까.

연서야!

엄마가 과년한 딸을 외국에 보내놓고 가슴 졸이는 마음을 조금은 헤아리리라고 본다. 물론 네가 좋아하는 따뜻한 나라에 가서 꿈꾸는 인생을 살고 싶어 떠났다고는 해도 네가 가정을 이루어 오순도순 살기 전까지는 내 맘은 언제나 바람 부는 벌판일 것이다. 원하건대 새해에는 너도 그저 콩 주고 두부 사 먹을만한 짝을 만났으면 얼마나 좋을까? 건강하게 잘 있거라.

(2010년 12월 25일. 너를 그리는 엄마가)

연서야, 너에게 이 편지를 쓰고 5년의 세월이 흘렀구나.

지금 너는 결혼을 해서 양산에서 살림을 차리고 자상한 남편과 잘 살고 있으니 엄마 마음이 안온하다. 시부모님과도 마음으로 가깝게 지내고 있으니 더 이상 바랄 무엇이 있겠니. 감사할 뿐이다.

조금 있으면 우리가 그토록 원했던 아기도 태어날 생각을 하면 친정어미로 마음이 놓인다. 근심의 95퍼센트는 일어나지 않으니 괜한 걱정을 가불해서 할 필요는 없다고 나를 다독이던 네 말이 맞는 것 같다.

언제 어디서나 우직하고 성실하게 제 할 일 하면서 살면 그에 상응하는 결과가 온다고 생각한다. 좋은 부모가 되기 위해 최선을 다하렴. 조금 있으면 엄마의 칠순에 너희 삼남매 부부가 고희연을 차려준다니 행복한 마음이다.

그럼 만날 때까지 몸조심하거라.

2016년 2월 1일
엄마가

우서방에게

가을이 깊어지고 있는데 추적추적 비까지 내리니 마음이 심란했었어. 이 비가 그치고 나면 추위가 다가오겠지.

오늘은 20대 때 함께 근무했던 친구 네 명이 용문사에 다녀오기로 되어 있는데 비가 오니 가야 하나 말아야 하나 설왕설래하다가 다녀왔는데, 탁월한 선택이었다고 입을 모았다네. 다른 때 같았으면 전철 안이나 음식점이 발 디딜 틈이 없었으련만 비가 온다는 일기예보 덕분인지 한산해서 네 여인이 추억 여행 하기에 안성맞춤이었다네. 기차 밖으로 펼쳐지는 구름 속에 갇힌 산허리며 짙은 초록에서 유록색으로 옅어진 가을 들판은 풍요 그 자체여서 가을 여행을 맘껏 즐겼다네.

연서가 네 살인가 다섯 살 때쯤 그 친구 가족들과 동반 여행을 한 적이 있었어. 춘천으로 가는 기차 안에서 그때를 추억하던 친구들이 우리 연서가 하고 싶은 말을 다 하는 당당하고 야무진 아이였다고 해서 내 어깨가 으쓱했다네. 또 친구들은 자네 결혼식 이야기를 하면서 사위가 헌헌장부로 훌륭하다고 자네 칭찬까지 해서 좋으면서도 한편 민망하기도 했다네. 그렇지만 친구들 칭찬은 내가 하고 싶은 말이었네.

멀리 울산에서 결혼식을 올려야 했기에 부득이 참석할 수 없는 친지들을 모시고 서울에서 조촐한 피로연을 먼저 했지 않았나. 우리는 두 번의 행사가 번거롭기는 했지만, 아름다운 선남선녀 같다고 친지들 칭찬에 힘든 줄도 몰랐다네.

한창 행복할 신혼인데도 연서의 동남아 출장을 기꺼이 보내주며 아내가 하는 일에 외조를 잘해 주는 자네가 고맙네. 자네가 출장 가고 없을 때, 혼자 있는 연서에게 어머님께서 가까이에서 안부도 물어주시고 챙겨주신다니 마음이 든든해. 우리 부부는 연서가 자네와 시댁 어른들로부터 사랑받으면 그 이상 바랄 것이 없다네.

며느리가 잘 들어와야 그 집안이 화평하고 일도 순순히 잘 풀린다는 생각으로 살아온 나는, 딸을 시집보내놓고 많이 염려가 되는데 들려오는 소식에 연서가 시댁의 사랑을 담뿍 받고 있으니 그저 감사할 뿐이네.

저녁 때 연서 큰오빠네 집에 온가족이 모여서 꽃게탕으로 저녁을 맛있게 먹고 왔지. 며느리가 따끈하게 끓여준 꽃게탕이 얼마나 시원하고 감칠맛이 나던지, 효순한 며느리를 고마워하면서 살고 있는 나는 연서도 제 올케언니만 같았으면 하는 심정이지.

지난 번 자네 생일을 앞두고 처가식구들을 초대해 주어서 고마웠네. 처 할머니와 장인 장모, 조카들까지 정성껏 챙겨주어서 '나는 참 복 많은 여인이구나!' 흐뭇한 마음으로 돌아왔다네.

부모의 기쁨은 자식들이 서로 우애하면서 사는 것이라네. 우리 연서도 시댁 식구들과 우애 있게 살아 주었으면 하는데, 부족한 점이 있을 것이네. 자네가 잘 인도해 주게.

어차피 부부는 하나의 목표를 향해 망망대해를 함께 노 저어 가야할 나룻배이듯이, 사람은 혼자 살기에 부족해서 둘이서 무언가로 채우기 위해서 결혼을 한다지 않는가. 아무리 사랑하는 사람도 노력을 하지 않으면 변함없이 좋은 관계로 유지되기란 실로 어렵거든. 서로 내 몸처럼 아껴주고 살펴주고 배려하면서 살아야 할 소중한 존재라는 것을 알고 헤아려주는 두 사람이기를 바라네.

이번 추석에 먼 길 오느라 수고가 많았어. 큰댁에서 차례를 지냈다는데 며느리를 서둘러 친정에 보내주신 사돈마님의 배려심에 죄송하고 고마웠지. 그 덕에 자네 내외를 만나 반갑고 행복했다네.

부모는 끝없는 자식 짝사랑을 하면서 사는 것이네. 자네도 연서와 부모님께 자주 찾아뵙고 안후도 여쭙기 바라네. 부모님 은혜는 가이없어서 이 세상에서는 갚을 길이 없다네. 그래서 부모님에게 진 빚을 자식한테 갚는 게 사람이 사는 길이라는 말이 맞는 말인 것 같아.

지금도 여전히 가을을 재촉하는 비가 내리네. 가을이 한층 깊어지겠지. 환절기에 몸조심하고 잘 있어.

2013년 9월 29일 밤에

또 하나의 어머니가

장손 기윤이에게

기윤아!

네 엄마가 부른 배를 뒤뚱거리면서 우리 집에 오던 때가 엊그제 같은데 네가 우리 가족 구성원이 된 지 어느새 돌이 되다니. 참으로 빠른 것이 세월이다.

네가 태중에 있을 때, 또 네가 태어나고도 네 엄마 아빠가 주말마다 내게 오곤 했단다. 어쩌다가 네 가족이 오지 못할 때는 이 할머니도 네가 보고 싶어 먼 거리 마다않고 달려간다. 이 할머니는 너를 보지 못하면 네가 눈앞에서 어른거리고 궁금해서 그냥 있을 수가 없으니 큰일이구나.

지난주에 네 엄마가 너를 돌보며 반찬 만들기가 힘들다는 말에 이 할머니는 부지런히 몇 가지 반찬을 만들어서 날아가듯이 가서 너를 보고 왔단다. 직장에 출근하시는 네 할아버지와 삼촌만 아니라면 할머니는 너와 함께 며칠간이라도 함께 지내고 싶기만 하단다.

이 세상에 태어난 새 생명 하나하나가 소중하지 않은 게 어디 있겠느냐. 기윤아, 우리 부부의 장손으로 태어난 네가 우리 모두에게는 너무나 소중하고 기쁨을 주는 존재이다. 네 부모의 너를 향한 사랑 또한 어찌나 지극한지 이 할머니는 감동을 받는구나.

네 엄마는 너에 대한 세세한 모든 걸 기록으로 남기고 있단다. 네가 잠에서 깬 기척이라도 있으면 용케 알아채서는 돌보고 수유, 이유식, 잠자고 일어나는 시간, 용변 본 것까지 꼼꼼히 메모하고 사진까지 곁들이니 네 엄마는 잠도 아니 자면서 너만을 지켜보는 것 같구나. 네 부모가 온갖 정성으로 너를 키우니 너에 관한한 박사구나.

네 할아버지도 이 할미에게 네 얘기를 자주 하신단다. 기윤이가 잘 노느냐, 얼마나 많이 컸느냐 하며 네 얘기를 하시는 할아버지의 표정이 그렇게 행복해 보일 수가 없구나. 네 할아버지의 너에 대한 극진한 사랑이 장손에 대해 다시 한 번 생각하게 하는구나.

이 할머니가 너에게 다녀오면 할아버지께서는 네 사진을 들여다보면서 아프지 않고 잘 놀고 있더냐는 둥 온갖 관심을 기울이시는구나. 아마 또다시 내가 너를 만나고 오면 같은 장면이 반복될 것이다. 너에 관한 이야기가 우리 부부의 기쁨이니까.

네 출생 소식을 듣고 얼마나 기쁘던지 집안 어른들께는 물론 미국에 있는 네 고모에게까지 고속버스 안에서 부끄러운 줄도 모르고 휴대전화로 소식을 알렸지 뭐냐. 그리고 병원에 가서 손을 씻고 머리를 매만지고 옷매무새를 고치고 나서 너를 처음 안던 감격은 평생 잊지 못할 감동이란다.

우리 가문의 대를 이을 장손이 태어나서 마음이 놓인다고 무심히 말을 했는데 "아이에게 부담 주지 말라."는 네 아빠의 핀잔에 당황했단다. 장남의 삶을 살아온 네 아빠가 갖고 사는 부담감을 막 태어난 너에게까지 대물림하는 게 싫었던 게지. 그게 부모 마음인 게다.

네 아빠는 어릴 적부터 장남 노릇을 톡톡히 했단다. 직장에 나가는 이 할머니를 대신해 어린 동생들의 공부를 가르치려고 국어사전으로 공부를 했다는구나. 또 네 삼촌과 고모 머리가 나빠질까 봐 네 아빠 혼자서 연탄불을 갈면서 동생들을 아꼈지. 네 아빠는 고생하는 부모에게 부담을 줄여 주려고 다 쓴 노트를 지우개로 지워서 다시 쓰기도 했단다.

이 할머니도 할아버지와 결혼하여 삼십 년이 넘는 세월을 종부로서 온몸으로 감내하였기에 네 아빠의 마음을 충분히 이해한다.

네 엄마도 훌륭하신 조부모님의 사랑과 가르침 속에서 자라서인지 좋은 품성을 지닌 여성이다. 어른 공경하는 마음과 남을 배

려하는 마음이 남다르고, 기윤이 너에 대한 헌신적인 자식 사랑에
이 할머니도 감탄하곤 한단다.

품성 좋은 부모 밑에서 태어난 너는 '군자' 소리를 들을 만큼
온화하고 순하구나. 아침에 일어나면서부터 기분 좋은 웃음으로
우리를 맞이하지. 어지간해서는 칭얼거리거나 울지도 않으니 세
심한 배려와 깊은 사랑으로 보살피는 네 부모가 지극정성으로 너
를 키우기 때문일 것이다.

기윤아, 부모가 다 네 부모 같지는 않은 세상이다.

며칠 전에 TV 뉴스에서 정말 나쁜 엄마를 보았구나. 사고를 당
해 병원에 누워 있는 남편을 내팽개쳐 두고 가출하면서 네 살짜리
아들을 방에 가두어 놓고 자물쇠로 문까지 잠가 놓아 결국은 아기
가 목숨을 잃었단다. 그러니 너는 부모를 고마워 할 줄 믿는다.

네 외증조할머니는 혼자 몸으로 네 할머니 형제들을 갖은 고생
하면서도 잘 키워 냈단다.

'고진감래(苦盡甘來), 자리이타(自利利他)'는 '어려움을 참고 견
디면 좋은 일이 온다는 것과, 남을 위한 일이 결국은 자신을 위한
일'이라는 뜻이다. 이 말씀은 할머니의 고등학교 2학년 때 담임선
생님께서 해주신 말씀이야. 그때 할머니는 가정 형편이 너무나
어려워 학비를 벌어 가면서 학업을 이어 갔단다. 이 말을 할머니
가 늘 마음에 새기면서 어려움을 헤쳐 왔단다. 사람에게는 늘 밝

은 날만 있는 건 아니란다. 혹여 살면서 너에게도 어려운 일이 닥치면 너도 이 말을 마음에 새기면서 살기를 바란다.

할머니의 컴퓨터 바탕 화면에는 환하게 웃고 있는 네 사진이 깔려 있단다. 네 아버지가 할머니 컴퓨터에 설치해 준 것이다. 예쁜 네 모습이 보고 싶어 하루에도 몇 번이나 컴퓨터를 켜고 있구나. 할머니 노년에 귀한 선물을 받았으니, 오늘도 네 생각으로 할머니는 마냥 행복한 마음이 된다. 지금 네 할아버지와 할머니는 너를 보는 기쁨으로 살고 있단다.

할머니 집에 네가 있는 날에는 네 삼촌도 일찍 퇴근하고 쉬는 날도 일찍 일어나곤 했단다. 어린 아기 기운이 덕에 집 안이 환해지고 활력이 넘치니 너는 정말 천사이구나.

기운아, 우리 아가. 다시 만날 때까지 건강하게 무럭무럭 잘 자라서 이 나라에 동량이 되기를 기원한다.

2007년 11월 3일
너를 사랑하는 할머니가

세쌍둥이 손자들에게

헌, 환, 웅아!

너희들이 태어난 지도 네 해 반, 어느덧 여섯 살이 되었구나.

며칠 전 유치원 1년을 마치며 재롱잔치가 있었지? 당연히 할머니는 너희들에게 줄 사탕부케를 준비하고 마음 설레어 손꼽아 기다리고 있었단다.

"할아버지! 저희 재롱잔치에 꼭 오세요."

"우리 헌이가 초대를 했으니 가야지."

그전까지만 해도 할아버지는 너희들 재롱잔치에 가실 생각이 없으셨던 거 같다. 그런데 기헌이의 초대에 할아버지는 만면에 웃음을 띠며 기꺼이 초대에 응하시겠다더구나.

그날 저녁 우리들은 너희 아빠 차로 너희들과 네 엄마가 기다리고 있는 행사장으로 갔지. 우리는 너희들이 과연 잘해 낼 수 있을

지 내심 걱정을 하고 있었는데 그건 쓸데없는 걱정이었단다.

첫 번째 순서에서부터 아파서 못 나온 다른 친구를 대신해서 기환이가 꼬마신랑 율동을 정말 잘해서 할머니는 대견하면서도 혹시 실수할까 봐 내내 가슴이 콩닥거렸단다.

너희들이 부른 〈부모님 은혜〉 노래에 너희 아빠는 가슴이 뭉클했다는구나.

높고 높은 하늘이라 말들 하지만, 나는 나는 높은 게 또 하나 있지.
낳으시고 기르시는 부모님 은혜 푸른 하늘 그보다 더 높은 것 같애.

할머니도 너희들이 부르는 노래를 들으며 감회가 새로웠지. 남자 아이들이 짧은 치마를 입고 고깔모자를 쓰고 조심스럽게 걸어 나오는 모습들이 어찌나 앙증맞던지. 기헌이는 인물이 훤했고, 환이는 집중해서 선생님만 쳐다보면서 노래를 불렀는데, 막내 웅이는 노래는 뒷전이고 눈으로 제 엄마를 찾으려 했는데 그 모습이 얼마나 귀엽고 안타깝던지. 우리 웅이가 막내티를 내서 할머니 손에 땀이 나게 했구나. 한날한시에 태어났는데도 성격이 각각이구나. 너희들 하나하나가 주는 기쁨이 모두 달라서 한참동안 웃으면서도 마음이 찡했다.

마지막 순서로 너희반 모두가 도레미파솔 노래에 따라 각자가 맑은 음계에 맞춰 종을 흔들던 모습들도 너무나 사랑스러워 가슴에 꼭 품어주고 싶었다.

또 하나 자랑스러웠던 일은 유치원 선배인 형 기윤이가 선생님이 낸 퀴즈에 손을 번쩍 들고 정답을 맞추어서 선물을 탄 일이야. 또래에 비해 키가 작고 낯가림이 심하여 내심 걱정한 형이었는데 여러 사람들 앞에서 큰 목소리로 대답하는 용기가 정말 대견했단다. "과연 우리 집 종손답구나." 하고 기특해서 저녁 식사를 하고 나서 따로 격려금을 주었지.

그런데 유치원 친구들 중에서 한 여자아이를 너희 셋이서 똑같이 좋아한다고 해서 박장대소를 했어. 너희들 생각과 좋아하는 대상이 같다는 게 신기할 뿐이었단다. 그 여자아이 마음은 셋 중 누굴 더 좋아하는지 궁금하구나.

엊그제 할머니 생일날 너희들이 그림으로 할머니 생일 축하를 하고 축하 노래까지 합창으로 불러 주어서 정말 행복했단다. 가족 행사에 소홀하지 않고 매번 잘 챙기는 너희 엄마이구나.

할머니가 아는 어떤 사람은 자식의 생일도 축하해 주지 않고 자기만 받는 이가 있다. 그렇게 자란 그의 자녀들이 성장해서는 부모 생일을 챙겨 주지 않더구나. 받은 게 없으니 베풀 줄도 모르는 것이지. 결혼을 하고서도 부모 생일도 챙겨 주지 않아서 섭섭했다는 그의 말에 씨앗을 뿌리지도 않고 수확을 기다리는 한심한 사람이라는 생각을 했단다. 그러니까 그 사람은 사랑을 받은 만큼 남에게 베푼다는 평범한 진리를 몰랐던 거야. 너희들은 부모와 조부모, 집안 어른에게 지극한 사랑과 관심을 받았으니 자연히 줄 줄도 알 거라고 생각해.

너희들이 쓰는 말씨는 순하고 곱고, 형제끼리 서로를 아끼고 도와주려고 노력하고, 잘못한 일은 금세 사과할 줄 알고, 순서를 기다릴 줄 알고 있으니 정말 보기 좋구나. 너희들은 네 엄마로부터 바른 교육을 받으면서 성장하고 있구나.

할머니 집에서 갖고 싶은 물건도 "이것 가져가도 돼요?"라면서 함부로 가져가지 않는 예의도 있구나. 또 너희들은 인사성도 밝아서 할머니 집에 와서도 왕할머니 방에 가서 인사를 여쭙고 갈 때도 인사를 드리더구나. 너희가 또래의 어떤 아이들처럼 영악하고 행동이 재바르지 못하고 서툴더라도 이 할머니는 너희들이 반듯해서 더 귀하고 사랑스럽단다.

별로 부모를 귀찮게 하지 않고 너희들끼리 잘 노는 모습은 내가 사는 동안 변함없이 보고 싶은 모습이야. 형제끼리 우애 있고 오순도순 잘사는 모습은 상상만으로도 아주 마음 든든하구나.

헌아, 환아, 그리고 웅아!

이제 유치원 2년째 형님 반이 되네. 너희 세쌍둥이가 유치원의 자랑이라는 원장선생님 말씀이 생각난다. 이제 동생들을 거느린

어엿한 형님답게 좀 더 의젓해지고 생각도 깊고 넓어지겠지. 그리고 동생들에게도 모범이 되는 형님이 되려무나.

무럭무럭 자라거라.

2014년 2월 11일

너희들을 사랑하는 할머니가

남이장군(南怡將軍) 할아버님께

충무공(忠武公) 남이 장군 할아버님 안녕하세요?

올해도 다 가고 달랑 한 장 남은 달력에 바쁜 마음이 됩니다.

저는 의령 남씨(宜寧南氏) 의산위공파(宜山尉公派) 24세손 9대 종부(宗婦) 조순영입니다. 가난한 집안의 경찰 공무원 아내로서 2남 1녀를 건강한 시민으로 키워 냈고, 큰아들이 장손 밑으로 남아(男兒) 세쌍둥이를 낳았습니다. 뜻하지 않게 할아버님께서 반역으로 몰려 억울하게 돌아가신 이후로 손이 귀한 집안에서 세쌍둥이를 낳게 된 건 아마도 조상님의 음덕이 아닌가 생각합니다.

IMF라는 국가 위기 상황에서 후배들에게 제 자리를 내주고 명예퇴직한 지 12년이 흘렀습니다. 할아버님께서 돌아가신 지 543년이나 지났음에도 의롭게 살다 가신 할아버님의 짧지만 멋진 삶이 존경스러워 필을 들었습니다.

할아버님께서는 태종임금의 넷째 따님으로 세종대왕과 남매인 정선공주와 부마 의산위공(宜山尉公) 휘(諱)의 장손으로 태어나셨습니다. 17세에 무과에 장원급제하여 세조께서 자신의 아들인 예종보다 더 극진하게 총애를 하셨습니다만, 세조임금의 인재를 알아보는 혜안이 원인이 되어 할아버님께서는 28살 젊은 나이로 모함을 받아 억울하게 죽임을 당하셨습니다. 오직 나라를 위한 일념과 의로움으로 이시애 난을 평정하는 데 가장 혁혁한 공을 세우셨고, 여진족을 정벌할 때 우상대장으로 여진족장 이만주를 참살하고 공을 세워 돌아와 적개공신(敵愾功臣) 의산군(宜山君)이라는 호를 받고 공조판서가 되었으며, 이듬해 다시 27세의 나이로 병조판서와 오위도총부 도총관을 겸하게 되었습니다.

그러나 특출한 인물은 시기 질투를 받는 건 예나 지금이나 변함없는가 봅니다. 할아버님은 훈구 대신 한명회 등에 의해 해직되어 겸사복장으로 밀려나셨습니다. 뿐만 아니라 서얼 출신으로 건춘문의 갑사인 유자광과 차별하지 않고 가까이 지낸 한 가지 예만 보더라도 이(怡) 할아버님이 얼마나 대범하시고 공명정대한 분이셨는지 알겠습니다. 평소 할아버님의 재능과 명성을 시기하여 아버지인 세조의 사랑을 독차지하는 것을 못마땅해 하던 예종의 심중을 간파한 유자광이, 남이(南怡)가 반역을 꾀했다고 모함을 해서 할아버님을 억울하게 돌아가시게 했습니다. 예종은 1년의 제

위 기간 중에 무엇이 급해서 그토록 빨리 충신을 죽였는지요. 그도 할아버지를 죽인 이듬해에 바로 병으로 죽고 만 일을 하늘이 무심하지 않았다고 말해야 할지요. 조선 500년사에 가장 억울하게 생을 마친 분들이 단종과 이(怡) 할아버님이라고 합니다. 그 일들이 세조와 아들 예종조 2대에 걸쳐 일어났다는 것은 비극 중에 비극이 아닌가 생각됩니다. 결국 그분들도 양심의 가책 때문에 심화가 깊어져서 죽음에 이르렀으니 아마도 세상사의 이치가 아닌지요.

그뿐인가요? 이시애 난 때 전쟁터에서 생사고락을 함께해서 이(怡) 할아버님이 반역을 하지 않았음을 누구보다 잘 아는 80세가 가까운 영의정 강순(康純)이 할아버님의 결백을 알면서도 바른 말을 하지 못한 고충이 얼마나 컸겠습니까. 국가의 원로로서 진실을 은폐한 사람은 살아야 할 가치가 없다고 판단하신 할아버님이 최후 신문에 대한 진술에서 강순과 함께 반역을 했다고 말씀하셔서 강순과 함께 주살되었잖습니까. 그렇게 할 수밖에 없었던 할아버님의 심중도 충분히 헤아리기는 하나 그렇게까지 해야 했을까 생각하면 그 점 또한 안타깝습니다. 아마도 불의를 못 참는 할아버님의 성정 때문이었겠지만, '사람으로서 침묵을 해야 할 때 말을 하는 것도 큰 죄요, 말을 해야 할 때 침묵하는 것은 더 큰 죄'임을 세상 사람들에게 가르침으로 남기셨습니다.

모든 일은 근자지소행(近者之所行)이라는 말이 있듯이, 가까이에서 동고동락한 사람에게 죽임을 당할 줄 상상이나 했겠습니까. 서얼로서 받은 유자광의 설움도 알 것 같아요. 유자광이 연산군 때 무오사화를 일으켜 사림파의 스승인 김종직을 부관참시 당하게 하고 그분의 제자들을 죽인 우를 범한 것 또한 안타깝습니다. 할아버님 같은 올곧은 충신들이 있어야 바른 정치, 바른 나라가 되어 혼란에 빠지지 않을 터인데 정치판이 집단이기주의에 빠져 난장판이 된 예나 지금의 현실이 답답할 뿐입니다.

　할아버님께서 가신 지 올해로 543년이 지났습니다만 손바닥으로 하늘을 가릴 수 없듯이 진실이란 언젠가는 밝혀지는 법이어서 1818년(순조 18년) 350년 만에 할아버님은 충무공으로 관작이 복구되었으니, 몸은 비록 억울하게 돌아가셨으나 영예로운 이름으로 역사에 길이 남아 있으니 후손으로서는 더 바랄 것이 없습니다.

　제 남편은 어릴 적 할머니로부터 받은 뿌리교육이 강한 정신이 남아 있다고 합니다. 정년퇴직 후에 중학교 배움터 지킴이로 봉사하면서 숭조의 일에 앞장서고 있습니다. 저보고도 그런 할머니가 되라고 주문을 합니다. 지나친 과단성으로 할아버님이 억울하게 돌아가신 일을 거울삼아 자식들에게도 너무 앞서지도 뒤처지지도 말고, 조금 손해 보는 듯 양보하면서 살라고 가르칩니다. 남편의 뜻에 동감하기에 저도 그 뜻을 따르려고 노력하고 있습니다. 여자의 힘은 약하지만 어머니의 힘은 강한 것이기에, 반듯한 가정을 이루는데 작은 힘이나마 보태고 싶습니다.

자랑스런 할아버님! 뵈올 때까지 편안하게 영면하십시오.

2011년 12월 12일 새벽에

의령남씨 24세손 9대 종부 조순영 올림

외사촌 큰올케언니에게

언니.

해가 바뀌어 2016년이 되었습니다. 언니와 저는 외사촌 올케와 내 사촌 시누이로 만난 지 어느새 60년이 훌쩍 넘었습니다. 그동안 언니에게서 변함없이 받은 사랑은 아마도 어머니에 못지않을 듯싶습니다.

연초에 외당질 결혼식에서 많이 야위신 모습 뵙고서 가슴이 많이 아팠습니다. 요즘은 좀 어떠신지요? 언니가 젊으셨을 때 시할머니와 시부모님까지 모시고 살면서 효부상까지 받으시더니 어느새 언니도 팔순 중반이십니다. 어려운 환경 속에서도 효자 효부로 사신 결과로 효순한 아들과 며느리. 딸과 사위들의 따뜻한 보살핌을 받고 사시는 언니를 뵈면서 많이 닮고 싶습니다.

진우 어렸을 적에 젖을 뗀다고 어머니가 진우를 데리고 외가에 가셨을 때, 비가 억수같이 쏟아지는 밤에 비를 맞으며 젖병을 가지러 작은외삼촌댁에 다녀오셨던 큰오빠 생각도 나구요. 오빠는 저에게는 고향의 언덕같은 분입니다. 돌아가신 후 대전 현충원에 계시니, 오빠 내외분은 나라에 충성하고 부모에 효도한, 시대를 초월하여 본이 된 부부입니다. 과연 전봉준 녹두 장군의 후예다운 분들이십니다.

일찍 아버지를 여의어서인지 어렸을 적에, 저는 방학만 되면 줄기차게 외가에 다녔던 생각이 납니다. 대가족과 시하층층 어른들을 모시고 대가족이 함께 사시는 언니에게 무슨 보탬이 된다고 그리도 자주 외가에 갔었는지 모를 일입니다. 그렇다고 넉넉한 살림도 아니었을 터인데요. 어쨌든 저는 언니가 좋았고, 지금까지도 변함없는 정을 나누어 주시니 언니가 저에게도 친형제이상 살갑고 정스러운 분이십니다.

외사촌 형제들과 함께 한 철없던 시절을 생각하면 아련한 추억이 펼쳐집니다. 언니 지금도 뒤꼍 감나무와 대나무 숲은 여전한가요. 사는 게 바빠 외가에 가보지 못한 지가 수십 년이나 되었어도 제 가슴속에는 정겨웠던 외갓집 풍경이 눈에 선해요. 영원히 그리운 곳으로 기억될 거예요.

그뿐인가요. 언니의 그 곱던 모습은 어디로 가고 지금은 안 아픈 곳이 없는 파파 할머니로 가져다 놓았는지요. 참으로 야속한

게 세월인가 봐요. 그리고 저도 어느 사이 칠순을 맞이했네요. 그때나 지금이나 언니는 저에게 참으로 고마운 분입니다.

언니!

병약한 몸으로 시골에서 혼자 외롭게 사시느라 자식들 애 그만 태우고 이제는 자식들 가까이에서 그들의 따스한 보살핌을 받으면서 편안한 노후를 사시기를 바랍니다. 젊을 때야 자신의 의지대로 살 수 있지만 늙으면 자식의 말도 들어주어야 한다고 생각합니다. 언니가 어른들에게 해온 대로 부모 닮아서 효순한 자식들이 얼마나 애를 태우겠습니까. 친정이 없는 저에게 언니는 따사로운 저의 친정입니다. 고맙습니다. 건강하게 오래오래 제 곁에 머물러 주시기 바랍니다.

2016년 2월 2일 서울에서

내사촌 시누이가

정윤선 한문 선생님께

　　정윤선 선생님.

　　오늘이 10월 7일. 밤바람이 찬 공원엘 아기들을 데리고 나갔다
가 돌아오는 길입니다. 엊그제까지만 해도 푸르던 은행잎이 어느
새 노랗게 물들었습니다. 바람에 떨어지는 은행잎이 흩날리는 걸
보면서 깊은 생각에 잠깁니다. 아기들의 형형한 눈빛을 바라보며
10년 후에 변해 있을 이 아이들의 모습과 나의 모습을 생각하니
정신이 번쩍 났습니다.

　　선생님께 수업을 들은 지도 어느덧 10년이 넘는 세월입니다.
선생님께서는 강의 시간마다 한결같이 수강생들에게 한 자라도
더 가르쳐 주려고 혼신을 다하시지요. 처음에 한 동네에 사는 여
동생의 친구가 한문 공부를 같이 하지 않겠느냐고 했을 때, 저는
이미 다른 공부를 하고 있었고, 또 젊은 여 선생님이어서 믿음이

가지 않았기에 망설였습니다. 그래도 동생 친구와 함께 시작한 한문 공부가 오늘에 이르렀습니다. 오랜 기간 선생님을 뵙고 역시 사람의 진면목과 진실은 시간이 말해 준다는 것도 깨달았습니다.

선생님께서는 수십 년을 책과 멀어진 채 주부로 지내 온 우리들에게 용기를 주셨지요. 사실 주부들이 오랜 기간 한 공부에 임한다는 것이 쉬운 일은 아닙니다. 게다가 한문 공부를요. 대개는 개인 사정이 생기면 핑계 김에 그만두기가 쉽더라고요.

저와 한 책상에서 공부하는 학우는 암 투병을 하고 있는데 선생님의 가르침이 살아 있게 하는 힘이 된다고 해요. 이사 간 뒤에도 먼 길 마다하지 않고 수업에 임하는 걸 보면 대단한 선생님의 힘을 느낍니다. 해박한 앎과 온 힘을 다한 열정으로 진행되는 강의는 저희들이 바르게 세상을 볼 수 있는 안목까지 넓혀 주십니다.

마음만 먹으면 어려울 것도 없는데, 긴 세월 동안 한 번도 선생님께 고맙다는 인사도 드리지 못했네요. 지금 쓰는 이 글이 처음으로 선생님께 드리는 감사의 편지이어선지 벅차오르는 감회가 남다릅니다.

선생님, 오늘 공부 시간에 복습으로 다 함께 ≪논어(論語)≫의 15과 '위령공편'을 소리 내어 읽었지요. 그 순간 여학교 시절로 돌아간 듯한 착각에 빠졌습니다. ≪동몽선습≫, ≪격몽요결≫ 등을 공부하는 동안 열심히는 다녔지만 단 한 구절도 자신 있게 아는 부분이 없는 점에 스스로 부끄러움을 느낍니다. 배우는 순간은 충만하게 차오르는 기쁨이 가득한데 정작 내용은 모르고 있어서 한심한 생각도 들고요. 다른 학우들도 저와 같은 고초를 겪고 있다니 조금은 위안이 됩니다.

앞으로는 선생님 가르침대로 그날 배운 것을 다시 정리만이라도 해야겠다는 생각에 노트 정리를 시작했어요. 마음도 차분해지는 것 같아서 뿌듯합니다. 우리 반은 선생님과 이심전심 마음이 통하는 것 같아서 더욱 소중합니다.

오늘 저를 따라 온 신입 회원도 오랫동안 찾고 있던 원하는 배움터라고 아주 좋아하네요. 참 열정적이고 좋은 분이 함께 공부할 수 있어서 저 또한 무척 기쁘답니다.

선생님께 드릴 말씀이 있습니다. 여섯 살 큰손자에게 일찍부터 한문을 접하게 했으면 좋겠는데 아직은 이른 나이여서인지 제 아범이 별로 관심을 보이지 않습니다. 큰손자가 한문 공부를 시작하면 나머지 세쌍둥이 동생들은 저절로 배우게 될 것 같은데요. 한문교육은 단순히 글자만 배우는 게 아니고 글자가 가지고 있는 효행과 예절이 담겨 있으니 공부하는 동안 저절로 인성 교육까지 될 텐데요.

수업 시간에 휴대전화를 가지고 엉뚱한 짓을 하는 여중학생한테 주의를 주다가 사제지간에 서로 머리채를 잡고 뒤엉켜 있는 모습을 동영상으로 찍은 충격적인 사건을 접하고 절망스러웠어요. 선생님의 그림자도 밟지 않는다는 선조들의 가르침은 옛이야기가 되었으니 장차 이 나라가 어디로 가려는지 답답해요. 이런 일이 모든 교육에 앞선 인성 교육이 안돼서 벌어진 일이 아니겠는지요. 윤리 도덕이 땅에 떨어진 사회에 기대할 일이 무엇이 있겠어요. 그래도 착한 사람이 몇 배는 더 많기에 사회는 유지되겠지요.

좀 더 일찍 선생님을 만났더라면 저는 분명 자식들에게도 선생님께 가르침을 받도록 했을 터이나, 손자만 해도 제 부모가 있으니 제 뜻대로 할 수 없음이 안타깝습니다. 초등학교 때부터 선생님의 가르침을 받기 시작해서 대학에 가서도 공부하고 있는 학생들이 있다는 말씀을 듣고 저 많이 부러워요. 학생들과 중국 여행을 통하여 현장학습으로 중국어는 물론 그 나라의 문화까지도 접목하게 될 테니 이것이 산 공부가 아닐까 하는 생각이 듭니다. 오랫동안 한 나라의 언어를 배우게 되면 그 나라의 역사를 깊이 알 것이고, 인성 공부는 따로 하지 않아도 되지 않을까 생각됩니다. 평생의 공부로 이어져 나중에 학자로 남게 된다면 국가에 도움이 되는 인재가 될 텐데 하는 꿈도 꾸게 됩니다.

어제 가족 모임에서 아이들 아비의 꿈을 들어봤어요. 집념과 자아가 강한 맏아들은 그 애가 원하는 자동차 박사로, 세쌍둥이 중 무던하면서 사람을 좋아하고 참을성이 있는 첫째 아이는 언론 계로, 정리정돈은 물론 관찰력과 독립심이 강한 두 번째 아이는 이학자로, 친화력이 있으며 욕심도 많고 대처 능력이 빠른 막내는 경영학을 전공했으면 좋겠다고 하더군요. 아이들마다 각기 다른 면모를 보면서 아비로서 꾸는 꿈입니다. 제 어미는 어미대로 또 다른 꿈이 있겠지요. 저도 아이들을 보면서 꿈을 꿉니다. 아이들은 그들대로 꿈이 있을 텐데 어른들이 마음대로 생각하나 봐요.

평생을 교육의 한 축을 담당하시는 선생님께서는 이 다음 주렁주렁 열리는 보람의 열매로 행복한 노후를 보내실 것입니다. 천하의 영재를 얻어 가르치는 기쁨이 인생 삼락 중 하나라고 하잖아요. 선생님께서 건강하셔야 저희들이 편안한 마음으로 공부할 수 있으니 깊어 가는 이 가을, 감기 조심하시고 건강 잘 챙겨 주시기 바랍니다. 안녕히 계십시오.

2011년 10월 7일 새벽에
선생님을 경모하는 순영 올림

은사님께(1)

이제 갑오년이 다하고 을미년이 눈앞에 있습니다.

어제는 매실을 잡숫고 싶다는 어머니께 아껴 두었던, 사모님께서 정성껏 만들어 주신, 보기도 아까운 엑기스를 작은 병으로 하나 담아서 데이케어센터에 보냈습니다.

긴 세월을 어머니와 함께 살면서도 저는 늘 어머니의 기대에 미치지 못하는 불효녀이기만 합니다. 요즘은 연로한 부모님을 요양원에 보내는 추세입니다. 그런데 어머니 돌아가시고 나면 후회될 것 같아 그러지도 못하고 있습니다만 이게 효도하는 길인지는 저도 잘 모르겠습니다. 젊어서 혼자되어 자식들을 키워 낸 어머니의 한이 결국은 또 다른 한을 낳는 악순환의 고리가 되고 있습니다.

사모님께서 수영을 시작하셨다니 얼마나 반가운지 모릅니다.

제가 다니는 수영장에도 연세가 여든넷인 분이 다니십니다. 그분은 수영장에서 걷기를 하시고 함께 어울려 수다도 떨면서 인생을 재미있게 사십니다. 영감님이 함께 수영장에 다니시다 돌아가셨는데 들고날 때마다 사진 속의 영감님께 인사하신다고 합니다. 젊은 때 속을 썩였는데도 둘이 살다 혼자되니까 그립다고 하시네요.

저희 부부가 일주일에 한 번씩 노래 교실에 함께 나갑니다. 남들 눈에는 다정한 부부로 보이는 모양입니다. 티격태격하는 때도 많았는데 나중에 남을 한 쪽의 외로움을 생각해서라도 오순도순 살아야겠습니다.

선생님께서도 사모님이 편찮으신 게 가슴이 아프신가 봐요. "아픈 사람에게 밥 얻어먹기가 송구하다."고 하셨다지요. 두 분 지금처럼 정답게 건강하게 오래오래 사시길 바랍니다.

저는 사모님과 이런저런 이야기를 전화로 할 때가 참 좋더라고요. 같은 여자로 통하기도 하고요. 부끄러운 제 글을 청하신다는 사모님 말씀 영광입니다.

새해에도 건강과 행복이 함께하실 것을 간절히 기도드립니다. 안녕히 계십시오.

2014년 12월 마지막 날 새벽에

제자 순영 올림

은사님께(2)

선생님, 안부 여쭙지 못한 동안 별고 없으셨는지요?

그래도 요 며칠 사이 마른장마 끝에 간간이 단비가 내려 살 만합니다. 지난번 전화로 사모님 안부를 여쭈었을 때 평소와 달리 "이제는 나이가 있어서…" 하시며 말끝을 흐리셔서 내내 마음에 걸렸습니다. 사모님의 건강이 전 같지 않으신 듯해서요. 세상 모든 것들은 다 때가 되면 올 것이 오는구나 싶었습니다.

저도 구순의 어머니와 갠 날이 하루라면 비 오고 강풍이 부는 날이 아홉인 채 살아가고 있기에 선생님 마음이 어떠실지 미루어 짐작이 갑니다. 어머니는 저보다는 남을 더 믿는 것 같습니다. 몇 푼 안 되는 저금통장과 인감도장, 주민등록증까지 데이케어센터 담당 선생님께 맡겨 놓고서야 안심을 하시는군요. 어머니 손톱에 봉숭아물까지 들여 주는 센터 선생님께 고맙고 미안한 심정입니다. 처음에는 데이케어센터에 안 가시겠다던 분이 이제는 미리 대문간에 나가서 기다리시니 참 좋은 곳입니다.

어제는 제 손자 세쌍둥이의 다섯 번째 생일이었습니다. 생일기념으로 온 식구가 나들이를 했습니다. 멀리 사는 딸과 사위가 함께하지 못했는데도 식구가 열이었어요. 여섯 살짜리 꼬마들로부터, 정갈하게 차려 입은 구순 중반의 어머니를 동반하고 4대가 함께 가는 우리 가족은 뜻있는 사람들의 부러움의 대상이 되었던 모양입니다. 음식점에서도, 연꽃 축제장에서도 사람들이 말을 걸어왔습니다.

초등학교 졸업할 때쯤 선생님께서 칠판에 써 주셨던 "피어린 시련이 없이 어찌 영광을 얻을 것이며, 쓰라린 고통이 없이 어찌 빛나는 승리가 있을쏘냐."는 가르침은 두고두고 마음에 새겨져 지금까지 잊지 않고 있습니다. 또 선생님께서는 '복생청검(福生淸儉), 복은 검소함에서 생기는 것'이라고 일깨워 주셨습니다. 노년에 시작한 배우는 일이 쉽지 않음을 호소했을 때, 푸른 꿈을 잃지 말고 열심히 공부하라고 힘찬 필체로 써 주신 '청운만리(靑雲萬里)'의 귀한 가르치심 또한 흔들리고 주저앉고 싶을 때마다 저를 일으켜 세우는 죽비가 되고 있습니다.

어머님을 모시고 살지만 늘 그분의 마음을 흡족하게 해 드리지 못하고 불효만 저지른 것 같습니다. 어머니의 기대치에 미치지 못하는 함량 미달의 딸이거든요. 그러니 제가 자식들의 효도는 바라지 않습니다. 어머님께 효도를 다하지 못하고 후회하면서 사는 용렬한 저를 '만사종관(萬事從寬)이면 기후자복(其厚自福)'이라는 말씀으로 일깨워 주시는 선생님, 만사 순리에 따르면 그 복은 스스로 두터워진다고 하셨지요.

선생님께서는 평생 고매하신 인품으로 후학들을 가르치셨으면서도 낮은 자세로 실천하시는 삶으로 저를 일깨워 주시네요. 말씀으로 끝나지 않고 몸소 실천하시는 삶이 감동으로 이어집니다. 그뿐 아니라 저를 자랑스럽다며 과분하게 대해 주셔서 몸 둘 바를 모르겠어요. 작년에 남편과 함께 선생님을 뵈러 간 것을 크게 기뻐해 주시고 환대해 주셔서 저희도 얼마나 행복하고 뿌듯했는지 모른답니다.

귀뚜라미 우는 소리가 들리는 걸 보니 가을도 머지않았나 봅니다. 오늘이 중복이라니 여름도 다한 듯싶습니다. 저는 선생님의 제자로 남는 일이 참으로 자랑스럽고 행복합니다. 선생님, 오래오래 건강하게 사셔서 우매한 제자가 밝게 살도록 아낌없는 가르침 주시기 바랍니다. 고맙습니다.

2014년 7월 28일 밤에
제자 순영 올림

옥자 언니에게
－직장 선배에서 인생의 도반으로

옥자 언니!

지난 12월 28일, 노원구 구립 국악예술창단예술제에 언니의 초대를 받고 남편과 함께 갔지요. 우리는 집수리 중이어서 잠시 망설였으나 직장 동료로서 함께한 30년 세월을 생각하며 달려갔지요.

언니의 열정은 세월이 가도 여전했어요. 왕비역할을 한 언니가 우리나라 정악에 맞춰 우아하게 춤추시는 모습에 완전 감동을 받았습니다.

우리는 이따금 소식을 주고받으며 지냈어요. 6년 전 언니가 도선사 실달학원 기초교리반에서 함께 공부하자는 제안에 망설이지 않고 도반이 되었어요. 직장 상관이 도반으로까지 되었으니 인연치고 꽤 깊은 인연이지 싶습니다.

그동안 언니는 참으로 열심히 최선을 다해 왔어요. 40년 직장

생활에 암을 얻었지만 이겨 냈습니다. 그리고 배우기 시작한 고전 무용으로 세계 여러 나라를 다니며 공연을 하는 언니는 철의 여인이십니다. 칠순이 넘어서까지 어쩌면 나비처럼 가볍고 때론 장중한 궁중 무용까지 섭렵하셨는지요. 도무지 암 투병을 한 사람이라고 느껴지지 않았습니다. 전 인생이 열정과 끊임없는 도전으로 똘똘 뭉쳐진 아름다운 인생입니다.

언니, 우리가 직장에 다닐 때의 사가(社歌) 경연대회 생각나세요? 언니는 우리 팀의 팀장으로, 저는 언니를 보좌해서 직원들의 관리를 맡았지요. 파트별로 팀원을 뽑아놓았지만 노래 연습할 공간이 마땅치 않고 시간도 바쁜 사람들이어서 난감했습니다. 그래서 피아노가 있는 우리 집에 모여서 연습을 했지요. 지휘자와 피아노 연주자와 합창단원이 거실에서 연습하던 일이 엊그제 일처럼 떠올라요. 그때 우리는 열정으로 마음이 하나가 되었지요. 제가 전문가로부터 조언을 구했는데 특별히 노래를 잘하는 사람을 뽑지 말고 성실하고 팀워크를 잘 이룰 사람들을 선정하라던 말씀이 잊히지 않네요.

그분의 말씀대로 잘 짜인 팀워크가 주효했어요. 마음을 합해 열심히 노력한 결과 좋은 성과를 거두었잖아요. 그때 함께했던 친구들과는 지금도 만나곤 하는데 그때의 추억을 되살리면 행복한 마음이 된답니다. 그때 우리 팀의 의상 등을 준비한 이진희

여사 또한 여전히 활기차고 행복하게 살고 있어요. 언니는 뒤에서 조용히 격려해 주셨고요. 정말이지 마음과 마음이 이어진 아름다운 하모니였다고 생각해요.

언니가 뒤늦게 고전무용을 시작한 건 참 잘하신 거예요. 예나 지금이나 언니는 자랑스러워요. 언니 존경해요.

우리 노년에 도반으로 다시 인연을 이어 가고 있음도 행복합니다. 나는 언니가 건강하게 오래오래 멋지게 꿈을 펼치시길 기원합니다.

2014년 12월

후배 순영 드림